La petite maison dans les Grands Bois

**Castor Poche
Collection animée par
François Faucher, Martine Lang et Soazig Le Bail**

Titre original :

LITTLE HOUSE IN THE BIG WOODS

Une production de l'Atelier du Père Castor

© 1932 by Laura Ingalls Wilder
Published by arrangement with
Harper Collins Publisher
Pictures copyright 1953 by Garth Williams
© 1994 Castor Poche Flammarion
pour la traduction française

LAURA INGALLS WILDER

La petite maison dans les Grands Bois

traduit de l'anglais (États-Unis) par
ANNE-MARIE CHAPOUTON

illustrations de
GARTH WILLIAMS

Castor Poche Flammarion

Laura Ingalls Wilder, l'auteur (1867-1957), est née aux États-Unis, dans une maison en rondins du Wisconsin. Elle connut pendant toute son enfance les pérégrinations propres aux familles des pionniers. D'abord installée dans les régions boisées du Wisconsin, la famille Ingalls voyagea en chariot bâché en direction de l'Ouest à travers les États du Wisconsin, du Kansas, du Minnesota, du Dakota.

Dans les années 1930, Laura Ingalls Wilder se mit à raconter son enfance et sa jeunesse. Savait-elle alors qu'elle écrivait l'un de ces grands livres dans lesquels, génération après génération, les êtres les plus divers peuvent trouver matière à enchantement et à réflexion ? Très populaire aux États-Unis depuis sa publication en 1932, cet ouvrage précède la série en huit volumes, *La petite maison dans la prairie*, qui a été adaptée par la télévision américaine et déjà diffusée plusieurs fois en France.

Dans la collection Castor Poche :
La petite maison dans la Prairie
T 1 n° 120 ; T 2 n° 125 ; T 3 n° 134 ; T 4 n° 146 ;
T 5 n° 153 ; T 6 n° 158 ; T 7 n° 164 ; T 8 n° 167.

Anne-Marie Chapouton, la traductrice, est née en 1939 à Millau (Aveyron). Elle passe sa vie de petite fille à l'étranger : Tunisie, Hollande, États-Unis et fait ses études supérieures à l'université de Columbia. De retour en France, elle vit maintenant au pied du Luberon, en Provence.

Anne-Marie Chapouton consacre la moitié de son temps à l'écriture. Elle est l'auteur de nombreux textes destinés aux enfants et aux jeunes et traduit aussi des ouvrages anglo-saxons qui lui ont plu.

Yves Beaujard a réalisé l'illustration de couverture. Il connaît bien les États-Unis pour y avoir séjourné et travaillé en tant qu'illustrateur et graveur durant une dizaine d'années.

Garth Williams a réalisé les illustrations intérieures, extraites de l'édition américaine de 1953. Remarquables par l'exactitude et leur pouvoir d'évocation, ces dessins ont demandé dix ans de travail et de recherches à l'auteur pour en parfaire la réalisation.

La petite maison dans les Grands Bois :
La petite maison dans les Grands Bois est l'ouvrage qui précède le premier tome de la série *La petite maison dans la prairie*. Dans sa célèbre autobiographie, l'auteur raconte sa jeunesse dans l'Ouest américain des années 1870.

À la lisière des grands bois du Wisconsin, en 1872, Laura Ingalls habite dans une petite maison en rondins, totalement isolée. Grâce à Laura et sa famille, nous découvrons les traditions américaines de la fin du XIXe siècle. Nous partageons la vie quotidienne rude et exigeante des pionniers qui vivent pratiquement en économie fermée.

1. Une petite maison dans les Grands Bois

Il était une fois, il y a plus de soixante ans [1], une petite fille qui vivait en pleine forêt du Wisconsin dans une petite maison grise faite de rondins.

Les grands arbres sombres des Grands Bois entouraient la maison, et derrière eux, il y en avait d'autres, et plus loin d'autres encore. Un homme qui aurait marché en direction du nord

1. Laura Ingalls Wilder est née en 1867. Ce livre a été publié en 1932. Cette histoire évoque des événements qui se sont déroulés il y a maintenant plus de cent ans.

toute une journée, toute une semaine ou même tout un mois n'aurait vu que cela. Il n'y avait pas d'habitations, pas de routes, pas de gens. Seulement des arbres et les animaux sauvages qui vivaient là.

Dans les Grands Bois on trouvait des loups, des ours, et puis aussi d'énormes chats sauvages ; ainsi que des rats musqués, des visons et des loutres près des ruisseaux. Les renards, eux, avaient leur tanière dans les collines, et on rencontrait des cerfs partout.

À l'est comme à l'ouest de la petite maison, la forêt s'étendait sur des lieues et des lieues, avec seulement, à la lisière, quelques petites maisons éparpillées loin les unes des autres.

Aussi loin que la fillette pouvait voir, il n'y avait que cette maison, dans laquelle elle vivait avec son père, sa mère, ses sœurs Marie et Bébé Carrie. Un chemin pour les chariots serpentait jusque chez eux et s'éloignait ensuite pour disparaître dans les bois. Mais la petite fille ne savait pas où il menait, ni ce qu'il pouvait y avoir tout au bout.

Cette petite fille se nommait Laura. La nuit, quand elle était couchée dans son lit à roulettes, elle tendait l'oreille, mais elle n'entendait rien d'autre que le bruit des arbres qui chuchotaient entre eux. Parfois, loin dans la nuit, un loup hurlait. Puis il s'approchait et hurlait à nouveau.

Cela lui faisait peur. Laura savait que les loups mangent les petites filles. Mais elle était bien à l'abri entre les murs solides en rondins. Le fusil de son père était accroché au-dessus de la porte et le bon vieux Jack, le bouledogue tacheté, montait la garde. Son père disait alors :

— Endors-toi, Laura. Jack ne laissera pas entrer les loups.

Alors Laura se pelotonnait sous les couvertures, tout contre Marie, et s'endormait.

Une nuit, son père la souleva de son lit et la porta jusqu'à la fenêtre pour lui faire voir les loups. Il y en avait deux, assis devant la maison. On aurait dit des chiens aux longs poils. Ils pointaient leur nez en direction de la grosse lune toute brillante et hurlaient.

Jack allait et venait derrière la porte en grognant. Le poil de son dos était hérissé et il montrait ses dents pointues et acérées. Les loups hurlaient, mais ils ne pouvaient pas entrer.

La maison était confortable. En haut se trouvait un grand grenier où il faisait bon jouer lorsque la pluie tambourinait sur le toit. En bas, il y avait la petite chambre et la grande pièce. La chambre avait une fenêtre que fermait un volet de bois. La grande pièce avait deux fenêtres avec des vitres, et deux portes : une d'entrée et une de derrière.

Une barrière toute tordue faisait le tour de la maison pour empêcher les ours et les cerfs d'approcher. Devant se dressaient deux chênes magnifiques.

Tous les matins, dès son réveil, Laura courait à la fenêtre, et un jour elle vit deux cerfs morts, pendus aux branches.

Son père les avait tués la veille au soir et Laura dormait déjà lorsqu'il les avait rapportés à la maison et les avait suspendus bien haut pour que les loups ne puissent pas les atteindre.

Ce jour-là, Papa, Maman, Laura et Marie eurent de la viande fraîche au repas. C'était si bon que Laura aurait souhaité tout manger. Mais il fallait saler, fumer et mettre de côté la plus grande partie de la viande que l'on consommerait pendant l'hiver.

Car l'hiver arrivait. Les jours raccourcissaient, et au cours de la nuit le givre grimpait le long des vitres. Bientôt, la neige tomberait. Alors, la maison serait enfouie sous les congères, le lac et les ruisseaux gèleraient. Et par ce froid rigoureux, Papa ne serait pas sûr de rapporter du gibier. Les ours iraient se cacher dans leur caverne où ils dormiraient profondément de longs mois durant. Les écureuils se blottiraient dans les arbres creux, le nez dans leur queue. Les cerfs, les biches et les lapins se sauveraient à la moindre alerte. Et même si Papa pouvait abattre un cerf, celui-ci serait maigre au lieu d'être grassouillet comme à l'automne.

Ainsi Papa pourrait bien partir chasser solitaire toute la journée dans les Grands Bois et rentrer le soir bredouille.

C'est pourquoi il fallait mettre de côté dès maintenant autant de provisions que possible.

Papa avait dépouillé les cerfs avec soin. Il avait tendu et salé les peaux qu'il transformerait plus tard en cuir souple. Puis il avait débité la viande en morceaux, qu'il avait saupoudrés de sel après les avoir rangés sur une planche.

Au fond de la cour se dressait un tronc d'arbre creux. Papa avait enfoncé des clous à l'intérieur aussi loin que possible à chaque extrémité. Puis il l'avait mis debout, l'avait recouvert d'un toit et avait découpé une petite porte en bas sur le côté, fixée par des charnières de cuir.

Après que la viande fut restée plusieurs jours sous le sel, Papa perça chaque morceau et y passa une ficelle. Laura le regardait faire. Elle le vit suspendre la viande aux clous dans le tronc creux.

Il se glissa d'abord par la petite porte et accrocha le tout aussi haut que possible. Puis il appuya une échelle contre le tronc, y grimpa,

repoussa le toit d'un côté et accrocha les autres morceaux aux clous du sommet. Il replaça ensuite le toit et redescendit de l'échelle en disant à Laura :
— Cours jusqu'au billot et ramène-moi des copeaux de noyer vert. Prends ceux qui sont bien frais, bien nets et bien blancs.

Laura courut jusqu'à l'endroit où Papa fendait le bois et remplit son tablier de copeaux frais qui sentaient bon.

Son père alluma un feu à l'intérieur du tronc, derrière la petite porte, avec des bouts d'écorce et de la mousse. Il posa soigneusement les copeaux par-dessus.

Les copeaux se consumaient au ralenti en remplissant le tronc creux d'une épaisse fumée qui piquait. Une fois la porte refermée, il en sortait un peu par la fente autour, et aussi par le toit, mais la plus grande partie restait enfermée avec la viande.

— Rien ne vaut une bonne fumée de noyer, dit Papa, pour faire du bon gibier qui se conserve n'importe où et par n'importe quel temps.

Puis il s'éloigna avec son fusil et sa hache sur l'épaule afin d'aller couper des arbres dans la clairière.

Laura et sa mère surveillèrent le feu pendant plusieurs jours. Quand la fumée ne sortait plus par les fentes, Laura allait chercher d'autres copeaux que

Maman mettait sur le feu. Durant tout ce temps, il y eut dans la cour une légère odeur de fumée et, quand on ouvrait la porte, il se dégageait une forte odeur de viande.

Enfin Papa annonça que c'était suffisant. On laissa donc le feu s'éteindre. Papa décrocha les morceaux et Maman

les enveloppa chacun avec soin dans du papier, puis les suspendit au grenier, bien à l'abri, au sec.

Un matin, Papa partit avant l'aube avec les chevaux et la charrette et rentra le soir avec un plein chargement de poisson, certains étaient presque aussi grands que Laura. Papa était allé jusqu'au lac Pépin et les avait attrapés au filet.

Maman coupa de belles tranches de poisson blanc tout frais, sans une arête, pour Laura et Marie. Ils firent un vrai festin. Et ce qui resta fut salé et mis en tonneaux pour l'hiver.

Papa élevait aussi un cochon, qui courait en liberté dans les Grands Bois et se nourrissait de glands, de noix et de racines. Il l'enferma dans un enclos pour qu'il engraisse. On le tuerait dès que le temps serait suffisamment froid pour que la viande puisse se conserver gelée.

Une nuit, Laura fut réveillée par les cris perçants du cochon. Papa bondit hors de son lit, saisit son fusil et se précipita dehors. Laura entendit ensuite un, puis deux coups de feu.

Quand Papa revint, il raconta ce qui s'était passé. Il avait aperçu un grand ours noir debout à côté de l'enclos. L'ours essayait d'attraper le cochon qui courait en couinant. Papa tira rapidement. Mais il ne faisait pas assez clair et, dans sa précipitation, il rata l'ours qui se sauva dans les bois sans avoir été blessé.

Laura regrettait bien qu'il l'ait manqué car elle aimait beaucoup la viande d'ours. Papa, lui aussi, était déçu. Mais il dit :
— En tout cas, j'ai sauvé le lard.

Dans le jardin derrière la maison, les légumes avaient poussé pendant l'été. Étant donné la proximité de l'habitation, les cerfs n'osaient pas sauter par-dessus la barrière pour les manger pendant la journée, et la nuit, Jack les tenait en respect. Quelquefois, on remarquait le matin de petites empreintes entre les carottes et les choux. Mais il y avait aussi celles de Jack qui avait fait s'enfuir l'animal.

Maintenant, comme il gelait la nuit, les pommes de terre, les carottes, les betteraves, les navets et les choux avaient été arrachés et rangés dans la cave.

On avait fait de longues tresses avec les queues des oignons qui avaient été accrochées dans le grenier à côté des couronnes de piments rouges enfilés sur de la ficelle. Les potirons et les courgettes étaient empilés dans les coins en tas orange, jaunes et verts.

Les tonneaux de poisson salé étaient dans le garde-manger, avec les fromages jaunes alignés sur les étagères.

Un jour, l'oncle Henry arriva sur son cheval. Il était venu donner un coup de main à Papa pour tuer le cochon. On avait déjà aiguisé le grand couteau et l'oncle Henry avait apporté le couteau de boucher de tante Polly.

Papa et l'oncle Henry allumèrent un feu près de l'enclos, et mirent à chauffer une énorme bassine d'eau. Lorsque l'eau fut bouillante, ils allèrent tuer le cochon. Alors Laura courut se cacher la tête sous son oreiller en se bouchant les oreilles pour ne pas l'entendre crier.

— Cela ne lui fait pas mal, Laura, lui avait dit son père. Nous faisons tellement vite.

Mais elle ne pouvait pas supporter ces cris.

Une minute plus tard, elle souleva l'oreiller avec crainte et écouta. Le cochon ne criait plus. À partir de ce moment, toute la fabrication de la charcuterie ne fut plus qu'une partie de plaisir.

C'était une journée tellement remplie, avec tant à faire, tant à voir. L'oncle Henry et Papa étaient de joyeuse humeur, et il y aurait des côtes de porc grillées pour le dîner ; Papa avait promis à Laura et à Marie qu'elles auraient la vessie et la queue du cochon.

Dès que le cochon fut mort, Papa et l'oncle Henry le plongèrent et le ressortirent à plusieurs reprises de la bassine jusqu'à ce qu'il soit bien ébouillanté. Puis ils le déposèrent sur une planche et le grattèrent avec leurs couteaux pour détacher tous les poils. Après quoi, ils le suspendirent à un arbre afin de le vider de ses entrailles, et le laissèrent là à refroidir.

Quand il fut froid, ils le descendirent et entreprirent de le découper. Il y avait les jambons, les épaules, les côtelettes, et les bas morceaux. Il y avait le cœur, le foie, la langue, et puis la tête dont on ferait du fromage, sans compter une pleine cuvette de petits morceaux pour la fabrication des saucisses.

La viande fut déposée sur une plan-

che sous l'auvent près de la porte de derrière, et salée. On mit les jambons et les épaules à mariner dans la saumure, car ils devaient être fumés, comme le gibier, dans le tronc creux.
— Rien de meilleur que le jambon fumé au noyer, dit Papa.

Il était en train de gonfler la vessie. Cela fit un petit ballon blanc qu'il attacha bien serré au bout d'une ficelle et qu'il donna à Marie et à Laura pour s'amuser. Elles le jetaient en l'air et se le renvoyaient en le tapant de leurs mains. Ou bien, il rebondissait par terre et elles lui donnaient des coups de pied.

Mais mieux encore que cette vessie, il y avait la queue du cochon. Papa l'avait soigneusement dépouillée et avait enfoncé un bâton pointu dans l'extrémité la plus large. Maman ouvrit la porte du fourneau et ratissa les braises jusqu'au bord du foyer. Alors Laura et Marie tinrent à tour de rôle la queue au-dessus des braises. Elle grillait en grésillant et des gouttes de graisse tombaient et s'enflammaient sur les charbons rouges. Puis Maman mit du sel dessus. On avait les mains et le visage très chauds et Laura se brûla même le doigt, elle était si excitée qu'elle n'y fit presque pas attention. C'était tellement amusant de griller cette queue de cochon qu'elles renâclaient un peu lorsque l'une devait laisser son tour à l'autre.

Enfin, la queue fut cuite à point. Elle était toute dorée, et comme elle sentait bon ! Elles la portèrent dans la cour pour la faire refroidir, mais, sans attendre suffisamment, elles commencèrent à la goûter en se brûlant la langue. Elles la mangèrent jusqu'à la dernière parcelle et donnèrent ensuite les os à Jack. Et voilà. La queue de cochon était finie. Il n'y en aurait pas d'autre avant l'année prochaine.

L'oncle Henry rentra chez lui après le repas, et Papa retourna travailler dans les Grands Bois. Mais pour Laura, Marie et Maman, le travail de charcuterie commençait seulement.

Tout ce jour et celui qui suivit, Maman fit fondre le lard dans de grands pots en fonte. Laura et Marie portaient du bois et surveillaient le feu afin qu'il ne soit pas trop chaud, sinon le lard cramerait. La graisse devait mijoter et bouillir, mais sans fumer. De temps en temps, Maman sortait les fritons bruns avec une écumoire. Elle les pressait bien dans un linge avant de les mettre de côté. Plus tard ils parfumeraient les galettes de maïs.

Les fritons étaient délicieux, mais Laura et Marie avaient seulement le droit de les goûter. C'est trop lourd pour des petites filles, disait Maman.

Elle gratta et nettoya avec soin la tête du cochon, puis elle la fit bouillir jusqu'à ce que la viande se détache des os. Elle la hacha menu dans le saladier en bois avec son couteau de boucher, et l'assaisonna de poivre, de sel et d'épices. Ensuite, elle mélangea dedans le jus des pots et mit le tout de côté à refroidir. Une fois prêt, le fromage de tête serait découpé en tranches.

Les petits bouts de viande, maigres et gras, qui restaient après la découpe des grandes pièces furent hachés menu menu. Maman les sala, poivra et y ajouta des feuilles de sauge. Puis elle mélangea et pétrit le tout en boulettes qu'elle plaça dans une casserole sous l'auvent. Là, elles gèleraient et seraient bonnes à manger tout au long de l'hiver. C'était la chair à saucisses.

La petite maison était presque pleine à craquer de bonnes provisions. Le

23

garde-manger, l'auvent, la cave en étaient remplis, et le grenier aussi.

Laura et Marie devaient jouer dans la maison maintenant, car il faisait froid dehors, et les feuilles brunes tombaient des arbres. Le soir, Papa recouvrait le feu du fourneau de cendres afin que les braises soient encore vives le lendemain.

Le grenier était une merveilleuse salle de jeux. Les courges énormes, toutes rondes, aux si belles couleurs faisaient des chaises et des tables parfaites. Les piments rouges et les oignons dansaient au plafond. Les jambons et le gibier pendaient dans leurs emballages de papier et les bouquets d'herbes sèches — fines herbes pour la cuisine ou herbes médicinales amères — répandaient une odeur de poussière et d'épices.

Souvent, le vent soufflait avec un bruit de froidure et de solitude. Mais, dans le grenier, Laura et Marie s'amusaient avec leurs poupées et tout y était douillet et confortable.

Marie était plus grande que Laura et elle avait une poupée de chiffon appelée

Nettie. Laura n'avait qu'un épi de maïs enveloppé dans un mouchoir, mais c'était une bonne poupée. Elle s'appelait Suzanne. Ce n'était pas la faute de

Suzanne si elle n'était qu'un pauvre épi de maïs. Parfois Marie laissait Laura tenir Nettie, mais seulement lorsque Suzanne ne pouvait pas les voir.

Le meilleur moment de la journée, c'était le soir. Après le dîner, Papa allait chercher ses pièges dans l'appentis pour les graisser près du feu. Il les astiquait et enduisait les charnières, les mâchoires et les ressorts de graisse d'ours en s'aidant d'une plume.

Il y avait des pièges de toutes tailles : des petits, des moyens, et des gros pour les ours, avec des mâchoires dont les dents pouvaient broyer la jambe d'un homme.

Tout en s'affairant, Papa racontait à Laura et à Marie des blagues et des histoires, après quoi, il jouait de son violon.

Les portes et les fenêtres étaient bien fermées, et les interstices colmatés avec du tissu pour empêcher l'air froid de pénétrer dans la maison. Mais Black Susan, la chatte, allait et venait comme bon lui semblait, jour et nuit, par la chatière aménagée au bas de la porte d'entrée. Elle y passait toujours très vite afin de ne pas se faire coincer la queue.

Un soir, tout en graissant ses pièges, Papa observait Black Susan. Il dit alors :
— Il était une fois, un homme qui avait deux chats, un grand chat et un petit chat.

Laura et Marie coururent s'installer près de lui pour entendre la suite.

— Il avait deux chats, répéta Papa, un grand chat et un petit chat. Alors il fit une grande chatière dans la porte pour le grand chat. Et ensuite il en fit une petite pour le petit chat.

Et là, Papa s'arrêta.
— Mais pourquoi est-ce que le petit chat ne...? commença Marie.
— Parce que le grand chat ne le lui permettrait pas, la coupa Laura.
— Laura, c'est très mal élevé d'interrompre les gens. Mais je vois qu'aucune de vous n'a plus de bon sens que l'homme qui a découpé deux chatières dans sa porte.

Puis Papa posa ses pièges, sortit son violon de sa boîte et se mit à jouer. C'était vraiment le meilleur moment de la journée.

2. Journées d'hiver, nuits d'hiver

Vint la première neige, et le grand froid. Chaque matin, Papa prenait son fusil et ses pièges et s'en allait tout le jour dans les Grands Bois. Il posait les petits pièges pour les rats musqués et les visons le long des ruisseaux, les moyens pour les renards et les loups dans les bois. Il posait aussi les grands pièges dans l'espoir d'attraper un ours bien gras avant qu'ils ne soient tous rentrés dans leurs tanières.

Il revint un matin, prit le traîneau et les chevaux et repartit en hâte. Il avait

tué un ours. Laura et Marie sautaient sur place d'excitation en tapant des mains, tant elles étaient contentes. Marie criait :
— Je veux le pilon ! Je veux le pilon !
Elle n'avait pas la moindre idée de la taille d'une patte d'ours.

Papa ramena sur son traîneau un ours et un cochon. Il avait marché dans les bois, un gros piège à la main et le fusil à l'épaule, quand il était arrivé devant un sapin couvert de neige derrière lequel se trouvait un ours.

L'ours venait de tuer le cochon et le soulevait pour le dévorer. Il se tenait debout, sa proie entre les pattes de devant.

Papa avait tiré et tué l'ours. Il n'y avait aucun moyen de savoir d'où venait ce cochon et à qui il appartenait.
— Alors j'ai tout simplement rapporté le lard à la maison, dit-il.

Il y eut ainsi de la bonne viande fraîche pour plusieurs jours. Les journées et les nuits étaient si glaciales que le cochon dans une caisse et la viande d'ours pendue sous l'auvent étaient congelés, sans risque de dégeler.

Et, chaque fois que nécessaire, Papa prenait sa hache et allait couper un morceau d'ours ou de porc. Maman allait elle-même chercher les saucisses, le porc salé, les jambons fumés ou le gibier sous l'auvent ou dans le grenier.

La neige continuait de tomber et finit par s'amonceler contre la maison. Le matin, les vitres étaient couvertes de givre qui faisait les plus beaux dessins d'arbres, de fleurs et de fées.

Maman disait que Bonhomme Hiver entrait chaque soir quand tout le monde dormait et que c'était lui qui dessinait. Laura pensait que Bonhomme Hiver était un petit homme blanc comme neige, avec un chapeau pointu brillant et des bottes jusqu'aux genoux en peau de cerf toutes blanches et douces. Il avait un manteau blanc, des moufles blanches, et au lieu d'un fusil, il avait dans ses mains des outils bien aiguisés avec lesquels il gravait ses dessins.

Maman permettait à Laura et à Marie de prendre son dé et de s'en servir pour faire de jolies séries de ronds dans le givre. Mais jamais elles n'abîmaient les dessins que Bonhomme Hiver avait faits pendant la nuit.

Quand elles soufflaient sur le carreau, le givre fondait et coulait le long de la vitre. Alors, elles pouvaient voir les tas de neige dehors et les grands arbres nus et noirs aux longues ombres bleues.

Laura et Marie aidaient leur mère dans ses travaux ménagers. Il y avait la vaisselle à essuyer. Marie en essuyait plus que Laura parce qu'elle était plus âgée, mais Laura essuyait toujours soigneusement sa petite tasse et son assiette.

Une fois la vaisselle rangée, on aérait la literie. Puis Laura et Marie tiraient les couvertures, chacune d'un côté, et bordaient bien au pied et sur les côtés, tapaient les oreillers et les remettaient à leur place. On repoussait ensuite le lit à roulettes sous le grand lit.

Après cela, Maman attaquait son travail de la journée. Cela variait d'un jour à l'autre et elle avait l'habitude de dire :

Lessive le lundi,
Repassage le mardi,
Raccommodage le mercredi,
Barattage le jeudi,
Nettoyage le vendredi,
Cuisson du pain et des gâteaux le samedi,
Repos le dimanche.

Les jours préférés de Laura étaient ceux réservés au beurre et aux gâteaux.

En hiver, la crème n'avait pas sa belle couleur jaune de l'été et le beurre était blanc. Maman aimait que tout soit joli sur sa table, aussi colorait-elle le beurre.

Quand elle avait versé la crème dans la grande baratte et qu'elle l'avait mise près du fourneau pour la faire tiédir, elle lavait et pelait une longue carotte. Puis elle prenait la râpe que Papa lui avait fabriquée en perçant des trous dans une vieille casserole avec des clous, et elle frottait la carotte jusqu'à ce qu'elle passe entièrement à travers les trous. Sous la casserole il y avait un petit tas de pulpe juteuse.

Elle la faisait chauffer dans une casserole avec du lait, puis versait le tout dans un linge et pressait le liquide jaune vif dans la baratte, où il colorait la crème. Ainsi, le beurre serait jaune.

Laura et Marie avaient la permission de manger le reste de la carotte une fois que le jus en avait été pressé. Marie estimait qu'elle devait avoir la plus grosse part parce qu'elle était l'aînée, et Laura disait que c'était elle parce qu'elle était la plus jeune. Mais Maman partageait équitablement. C'était délicieux.

Quand la crème était prête, Maman ébouillantait la longue tige à baratter en bois, la mettait dans la baratte et posait par-dessus le couvercle. Il était percé d'un trou à travers lequel Maman faisait aller et venir la longue tige.

Il fallait baratter longtemps. Marie pouvait le faire de temps en temps pendant que sa mère se reposait, mais, pour Laura, la tige était trop lourde.

Au début, les éclaboussures de crème étaient bien lisses et épaisses autour du trou dans le couvercle. Après un moment, elles devenaient grumeleuses. Maman barattait de plus en plus lentement, et la tige se couvrait de petits grains de beurre jaunes. Une fois le couvercle enlevé, le beurre était là, en grosse motte dorée qui baignait dans le petit-lait. Maman le sortait avec une palette et le plaçait dans un bol en bois où elle le lavait plusieurs fois à l'eau froide, en le tournant et le retournant et en le travaillant jusqu'à ce que l'eau devienne claire. Ensuite elle le salait.

Alors venait le moment le plus intéressant. Maman façonnait le beurre. Sur le fond amovible du moule étaient gravées une fraise et deux feuilles. Avec la palette, Maman tassait le beurre bien serré jusqu'au bord. Puis elle retournait le moule sur une assiette et poussait le couvercle en le tenant par la poignée. La motte de beurre sortait, avec le dessin de la fraise et de ses deux feuilles moulé sur le dessus.

Laura et Marie assistaient à l'opération en retenant leur respiration, tandis que les mottes de beurre tombaient dans l'assiette au fur et à mesure que Maman remplissait le moule. Après quoi, elles avaient chacune un bon verre de petit-lait frais à boire.

Le samedi, quand Maman faisait le pain, elle leur donnait à chacune un morceau de pâte pour pétrir. Parfois aussi, elles avaient un peu de pâte à gâteau pour préparer des biscuits et, une fois, Laura fit même une tartelette.

Quand le travail était fini, Maman leur découpait parfois des poupées, dans du papier blanc bien raide. Elle dessinait les visages au crayon, puis, avec des morceaux de papier de couleur, elle taillait des robes, des chapeaux, des rubans et des dentelles afin que Laura et Marie puissent les habiller merveilleusement.

Mais le meilleur moment, c'était quand Papa rentrait à la maison, le soir.

Il revenait de ses longues marches dans les bois enneigés avec de petits glaçons pendus au bout de sa moustache. Il accrochait son fusil au-dessus de la porte, jetait son bonnet de fourrure, son manteau et ses moufles et appelait :
— Où est ma petite pinte de cidre doux à moitié bue ?

C'était Laura, parce qu'elle était tellement menue.

Laura et Marie se précipitaient pour grimper sur ses genoux tandis qu'il se réchauffait auprès du feu. Puis il remettait son manteau, son bonnet et ses moufles et ressortait faire les corvées quotidiennes et ramener du bois pour le feu.

Parfois, il rentrait de bonne heure, soit qu'il eût vite terminé le tour de ses pièges parce qu'ils étaient vides, ou qu'il eût attrapé quelque gibier plus rapidement que d'ordinaire. Alors, il avait du temps pour jouer avec ses filles aînées.

Un de leurs jeux préférés était celui du chien fou. Papa passait les doigts dans son épaisse chevelure brune en la hérissant complètement. Puis il tombait à quatre pattes en grognant et poursuivait Laura et Marie à travers toute la pièce en essayant de les bloquer dans un coin d'où elles ne pourraient se sauver.

Elles étaient promptes à s'esquiver, mais une fois qu'il parvenait à les coincer contre la caisse à bois ou derrière le fourneau, elles ne pouvaient pas lui échapper.

Alors, il poussait des grognements, ses cheveux se hérissaient et ses yeux étaient si féroces que Marie était paralysée par la peur et, comme son père approchait, Laura se mettait à hurler. Puis elle faisait un bond terrible et filait en direction de la caisse à bois en entraînant Marie avec elle.

Tout d'un coup, le chien fou disparaissait. Il ne restait que Papa qui se tenait debout là, fixant Laura de ses yeux bleus brillants.
— Eh bien ! lui disait-il. Tu n'es peut-être qu'une petite pinte de cidre doux à moitié bue, mais morbleu ! tu

es forte comme un petit cheval français !
— Tu ne devrais pas leur faire peur comme cela, Charles, disait Maman. Regarde comme leurs yeux sont grands.

Papa prenait son violon et se mettait à jouer et à chanter.

*Yankee Doodle s'en vint en ville
avec ses culottes rayées.
Il jurait qu'il ne voyait pas la ville
Parce qu'il y avait trop de maisons.*

Laura et Marie oubliaient alors tout du chien fou.

Là, il y vit de gros canons,
gros comme un tronc d'érable,
et chaque fois qu'on les retournait,
il fallait deux bœufs pour le faire.

Et chaque fois qu'on tirait,
Il fallait toute une poire de poudre,
Et cela claquait comme le fusil de Papa,
Mais tellement, tellement plus fort encore.

Papa marquait le rythme en tapant du pied et Laura battait des mains.

Et je chanterai Yankee Doodle-de-do,
Et je chanterai Yankee Doodle,
Et je chanterai Yankee Doodle-de-do,
Et je chanterai Yankee Doodle !

Comme elle était chaude, douillette et confortable, la petite maison perdue au fond des Grands Bois dans la neige et le froid. Comme ils s'y sentaient bien et étaient heureux, Papa et Maman, Marie et Laura et Bébé Carrie, lorsque la nuit était tombée ! Le feu brillait dans la cheminée et ni le froid, ni la nuit, ni les bêtes sauvages ne pouvaient entrer. Jack et Black Susan étaient couchés devant l'âtre et la lumière des flammes les faisait cligner des yeux.

Maman, dans son fauteuil à bascule, cousait près de la table. La lumière de la lampe était vive. On avait mis du sel au fond du réservoir de pétrole en verre pour l'empêcher d'exploser, et de petits bouts de flanelle rouge au milieu du sel pour faire joli. Et c'était joli. Laura adorait regarder la lampe. Elle aimait aussi regarder le feu qui brûlait dans la cheminée en palpitant, avec ses flammes jaunes qui devenaient rouges et même parfois vertes au-dessus des bûches, ou tremblaient de bleu au-dessus des braises d'or et de rubis.

Puis il y avait Papa qui racontait des histoires.

Lorsque Laura et Marie le suppliaient d'en raconter une, il les prenait sur ses genoux et leur chatouillait le visage de ses longues moustaches pour les faire rire. Ses yeux étaient très joyeux.

Un soir, comme il observait Black Susan jouer avec ses griffes, allongée devant le feu, il dit :
— Savez-vous qu'un puma est un chat ? Un très gros chat sauvage ?
— Non, répondit Laura.
— Eh bien ! c'est pourtant vrai. Imaginez seulement Black Susan plus grande que Jack et plus féroce que lui quand il grogne. Elle serait alors tout à fait comme un puma.

Il installa Laura et Marie plus confortablement et poursuivit :
— Je vais vous raconter l'histoire de Grand-Père et du puma.
— Ton grand-père ? demanda Laura.
— Non, Laura, ton grand-père à toi, mon père.
— Oh ! dit Laura, en se serrant un peu plus contre Papa.

Elle connaissait son grand-père. Il habitait, loin dans les Grands Bois, une grande maison de rondins.

Papa commença :
— Un jour, votre grand-père, qui était allé en ville, prit le chemin du retour un peu tard. Il faisait nuit quand il entreprit de traverser la forêt sur son

cheval, tellement nuit qu'il pouvait à peine voir la route et, lorsqu'il entendit crier un puma, il eut peur parce qu'il n'avait pas de fusil.
— C'est comment, le cri d'un puma ? demanda Laura.

— Comme celui d'une femme. Un peu comme ça.

Et il poussa un tel cri que Laura et Marie en tremblèrent de terreur. Maman sursauta sur sa chaise et dit :
— Voyons, Charles !

Mais Laura et Marie aimaient bien qu'on leur fasse peur.
— Le cheval qui portait Grand-Père se mit à galoper car lui aussi avait eu peur. Mais il ne parvenait pas à distancer le puma qui les poursuivait. C'était un puma affamé, et il allait aussi vite que le cheval. Il rugissait, tantôt d'un côté

de la route, tantôt de l'autre, et était toujours aussi près derrière eux.

« Grand-Père se pencha sur sa selle, en pressant son cheval. Celui-ci galopait aussi vite que possible, et pourtant le puma rugissait quand même tout près derrière.

« Alors, Grand-Père le vit comme il sautait du sommet d'un arbre à l'autre au-dessus de sa tête. C'était un énorme puma noir, qui bondissait dans les airs comme Black Susan quand elle se précipite sur une souris. Il était beaucoup, beaucoup plus gros que Black Susan, tellement plus gros qu'il pouvait tuer Grand-Père avec ses griffes aiguisées et ses longues dents cruelles.

« Grand-Père fonçait aussi vite qu'une souris poursuivie par un chat. Le puma ne rugissait plus maintenant, mais Grand-Père savait qu'il était toujours à ses trousses dans les Grands Bois sombres.

« Le cheval arriva enfin à la maison, le puma bondit. Grand-Père sauta à terre et se précipita dans la maison en claquant la porte. Le puma atterrit sur le dos du cheval, juste à l'endroit où s'était tenu Grand-Père.

« Le cheval poussa un hennissement terrible et partit au galop. Il s'enfuyait dans les Grands Bois, avec un puma sur le dos qui le lacérait de ses griffes. Mais Grand-Père décrocha son fusil du mur et se mit à la fenêtre juste à temps pour viser et tuer le puma.

« Grand-Père dit qu'il n'irait plus jamais dans les Grands Bois sans son fusil.

Quand Papa eut fini de raconter cette histoire, Laura et Marie se blottirent davantage contre lui, toutes tremblantes.

Elles aimaient être là, devant la cheminée, avec Black Susan qui ronronnait sur le sol, et le bon chien Jack allongé à ses côtés. Quand le hurlement d'un loup retentissait, Jack soulevait la tête et les poils de son dos se hérissaient. Mais Laura et Marie écoutaient ce cri solitaire dans la nuit et le froid des Grands Bois, et elles n'avaient pas peur.

Elles étaient bien dans leur maison de rondins, avec la neige tout autour, et le vent qui pleurait parce qu'il ne pouvait pas entrer et s'installer au coin du feu.

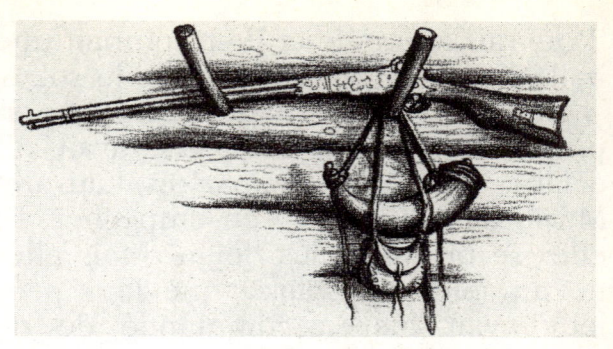

3. Le grand fusil

Chaque soir, avant de commencer à raconter des histoires, Papa préparait les balles de fusil pour la chasse du lendemain.

Laura et Marie l'aidaient. Elles lui apportaient la grande cuillère à long manche, la boîte pleine de petits morceaux de plomb, et le moule. Puis, elles s'asseyaient chacune à côté de lui, et le regardaient faire. Accroupi devant le foyer, il faisait d'abord fondre les morceaux de plomb dans la cuillère qu'il tenait au-dessus des braises. Une fois le plomb fondu, il le versait dans le petit trou du moule. Il attendait un peu, puis il ouvrait le moule et il en tombait une balle brillante qui roulait sur le sol.

Elle était trop chaude pour qu'on puisse la toucher, mais elle avait un éclat si séduisant que, parfois, Laura et Marie ne pouvaient s'en empêcher. Et elles se brûlaient les doigts. Mais elles ne disaient rien, parce que leur père leur avait bien recommandé de ne jamais toucher une balle qui sortait du moule. Alors, elles se contentaient de sucer leurs doigts.

Quand Papa avait fini, il y avait un tas de balles brillantes devant le foyer. Il les laissait refroidir, puis, avec son couteau de poche, il grattait les petites aspérités qui restaient. Il ramassait les minuscules parcelles de plomb et les mettait soigneusement de côté pour les faire à nouveau fondre lors d'une prochaine séance.

Il rangeait les balles dans son sac à balles. C'était un très joli petit sac que Maman avait confectionné dans une peau de daim, un daim que Papa avait tué.

Après quoi, Papa décrochait son fusil du mur et le nettoyait car il avait peut-être pris un peu d'humidité dans les bois enneigés, et l'intérieur du canon était sans doute sali par la poudre.

Alors Papa tirait l'écouvillon de sous le canon et attachait au bout un morceau de linge propre. Il posait le fusil sur sa crosse dans un récipient sur le sol, prenait la bouilloire et versait de l'eau bouillante dans le canon. Puis, avec l'écouvillon, il raclait l'intérieur du fusil de bas en haut. L'eau chaude noircissait et ressortait par un petit trou qui avait un couvercle quand le fusil était chargé. Et il recommençait ainsi de suite, jusqu'à ce que l'eau soit bien claire. Cela signifiait que le fusil était propre. Il fallait que l'eau soit toujours bouillante, pour permettre à l'acier chauffé de sécher instantanément.

Papa prenait ensuite un chiffon propre et gras et graissait l'intérieur du canon encore bien chaud. Avec un autre chiffon propre et gras, il frottait l'extérieur du fusil, puis la crosse, jusqu'à ce que le bois soit luisant lui aussi.

Il était maintenant prêt à charger le fusil, et c'est là que Laura et Marie

l'aidaient. Papa se levait, si grand et droit, en tenant l'arme debout, la crosse en bas, et il leur disait :
— Regardez bien, et prévenez-moi si je me trompe.

Elles surveillaient attentivement, mais il ne se trompait jamais.

Laura lui tendait la corne de vache polie et douce, pleine de poudre. Papa remplissait le petit bouchon en métal de cette corne avec de la poudre, la versait dans le canon du fusil qu'il tapotait ensuite pour s'assurer que la poudre était bien descendue au fond.

— Où est ma boîte ? demandait-il alors, et Marie lui tendait la boîte en étain remplie de petits morceaux de tissus gras.

Papa en posait un sur l'orifice du fusil, une petite balle neuve par-dessus, et, avec l'écouvillon, il enfonçait le tout jusqu'au fond du canon. Puis il remettait l'écouvillon à sa place contre le canon. Ensuite, il sortait la boîte d'amorces de sa poche, soulevait le chien du fusil et glissait une de ces petites amorces brillantes sur la pointe creuse qui se trouvait sous le marteau.

Il laissait retomber le chien avec précaution. S'il l'avait lâché trop vite – pan ! le coup serait parti.

À présent, le fusil était chargé. Papa le rangeait contre le mur au-dessus de la porte, appuyé sur deux crochets. Papa les avait taillés dans du bois vert avec son couteau et les avait enfoncés profondément dans la poutre.

Le fusil était toujours chargé, et toujours à cet endroit, afin que Papa puisse l'attraper facilement et vite s'il en avait besoin.

Quand Papa partait dans les Grands Bois, il s'assurait que son petit sac à balles était bien rempli, que sa boîte en étain et sa boîte à amorces étaient dans ses poches. La corne à poudre et la petite hachette bien aiguisée pendaient à sa ceinture et il prenait son fusil sur l'épaule.

Dès qu'il avait tiré, il rechargeait son fusil, car il disait qu'il ne voulait pas courir le risque de rencontrer un danger avec un fusil vide. Un ours blessé ou un puma pouvaient tuer un homme avant qu'il ait eu le temps de recharger son arme.

Mais Laura et Marie n'avaient pas peur pour leur père quand il s'en allait seul dans les Grands Bois. Elles savaient qu'il tuait toujours les ours et les pumas du premier coup.

Une fois les balles faites et le fusil chargé, c'était l'heure des histoires.
— Raconte-nous l'histoire de la voix dans les bois, suppliait Laura.

Papa lui faisait un clin d'œil.
— Oh, non ! Vous ne voulez quand même pas que je vous parle de cette époque où j'étais un vilain petit garçon !
— Si, si, si ! C'est ce qu'on veut ! s'écriaient Laura et Marie.

Et Papa commençait :
— Quand j'étais petit, pas bien plus grand que Marie, il fallait que j'aille chercher les vaches dans les bois tous

les après-midi pour les ramener à la maison. Mon père me disait de ne jamais m'amuser en chemin, et de me dépêcher de rentrer avant la nuit, parce qu'il y avait des ours, des loups et des pumas.

« Un jour, je partis plus tôt que de coutume et pensai que je n'avais pas besoin de me presser. Il y avait tant de choses à voir que j'oubliai que la nuit approchait. Il y avait des écureuils rouges dans les arbres, des tamias qui se poursuivaient dans le feuillage, et de petits lapins qui s'amusaient ensemble au milieu des clairières. Les petits lapins, vous le savez, vont toujours s'amuser avant d'aller se coucher.

« Je me mis à m'imaginer que j'étais un grand chasseur qui poursuivait les animaux sauvages et les Indiens. Je jouais à chasser les Indiens, et les bois me semblaient remplis de sauvages, et puis, tout d'un coup, j'entendis les oiseaux qui se chantaient "bonsoir". Je voyais moins le chemin, car il faisait de plus en plus sombre.

« Je savais qu'il me fallait vite ramener les vaches à la maison, sinon la nuit serait tombée avant qu'elles soient à l'abri dans l'étable. Or je n'arrivais pas à trouver ces vaches !

« J'avais beau tendre l'oreille, je n'entendais pas leurs sonnailles. Je les appelais, mais elles ne venaient pas.

« J'avais peur de l'obscurité et des bêtes sauvages, mais je n'osais pas rentrer chez mon père sans les vaches. Alors je me mis à courir en les appelant. Et les ombres s'épaississaient, les bois paraissaient de plus en plus profonds, et les arbres et les buissons avaient un air étrange.

« Les vaches demeuraient introuvables. Je grimpai sur des collines, en les cherchant, je descendis dans des ravins obscurs, appelant toujours, cherchant de plus belle. Je m'arrêtai, tendant l'oreille, mais je n'entendais rien, si ce n'est le froissement des feuilles.

« Soudain, j'entendis une respiration sonore et je pensai qu'il y avait un puma derrière moi, dans le noir. Mais c'était seulement le bruit de ma propre respiration.

« Mes jambes nues s'égratignaient aux ronces et, quand je courais à travers les buissons, leurs branches me frappaient. Mais je continuais à chercher et à appeler : "Sukey ! Sukey !" de toutes mes forces.

« À ce moment, juste au-dessus de moi, quelque chose demanda : "Où ?"

« Mes cheveux se dressèrent tout droit sur ma tête.

« "Où ? Où ?" répétait la voix.

« Alors, je me mis vraiment à courir ! J'oubliai les vaches. Tout ce que je voulais, c'était sortir de l'obscurité de ces bois et rentrer à la maison. Je courus jusqu'à ne plus avoir de souffle et, même alors, je continuai. Quelque chose me saisit par le pied et je me retrouvai par terre. Je me relevai et me remis à courir. Même un loup n'aurait pas pu me rattraper.

« Enfin, je sortis des bois, du côté de l'étable. Les vaches étaient là, attendant qu'on leur ouvre la barrière. Je les fis entrer et je me précipitai vers la maison.

« Mon père leva la tête et dit : "Jeune homme, pourquoi rentrez-vous si tard ? On s'est amusé en route peut-être ?"

« Je regardai mes pieds et vis que l'ongle d'un de mes orteils avait été arraché. J'avais eu tellement peur que je n'avais pas senti la douleur jusqu'à cet instant.

Papa s'interrompait toujours dans son récit à ce moment-là et attendait que Laura demande :
— Allez, continue, Papa, s'il te plaît.
— Alors, dit Papa, votre grand-père est sorti couper une bonne verge. Puis il m'a donné une belle correction pour que je m'en souvienne longtemps.
« Un garçon de neuf ans est assez grand pour savoir ce qu'il doit faire, me déclara mon père. Quand je te dis de faire quelque chose, j'ai de

bonnes raisons pour cela et, si tu fais ce qu'on te dit, il ne t'arrivera rien de mal. »
— Oui, oui, Papa, dit Laura en sautant sur ses genoux. Et puis, après, qu'est-ce qu'il t'a dit ?

— Il a dit : « Si tu m'avais obéi comme tu l'aurais dû, tu ne te serais pas trouvé dans les Grands Bois après la tombée de la nuit, et tu n'aurais pas eu peur d'un hibou. »

4. Noël

Noël approchait.

La petite maison de rondins était presque ensevelie sous la neige amoncelée en grands tas contre les murs et les fenêtres. Le matin, quand Papa ouvrait la porte, elle avait formé un mur aussi haut que Laura. Papa prenait une pelle et la dégageait, puis il traçait un chemin jusqu'à la grange où les chevaux et les vaches étaient bien au chaud dans leur étable.

Les journées étaient lumineuses. Laura et Marie, debout sur des chaises devant la fenêtre, contemplaient la neige et les arbres scintillants. Des glaçons pendaient aux gouttières jusqu'aux congères, des glaçons gros comme le haut du bras de Laura. On aurait dit qu'ils étaient en verre, et ils lançaient des éclats de lumière.

Quand Papa revenait de la grange, sa respiration restait suspendue dans l'air comme de la fumée. De son souffle il la faisait s'envoler en petits nuages qui déposaient du givre blanc sur sa moustache et sur sa barbe.

Il secouait la neige de ses bottes et serrait Laura contre son grand manteau froid dans une étreinte de gros ours, et les gouttelettes de givre fondaient sur sa moustache.

Tous les soirs, il était très occupé à sculpter une grande planche et deux plus petites. Il les avait égalisées avec son couteau, puis poncées avec du papier de verre et ensuite de la paume de sa main, jusqu'à ce qu'elles soient devenues aussi lisses et douces que de la soie.

Puis, de son couteau de poche bien affûté, il sculpta les bords de la plus grande en faisant des toits pointus, des tours et une grande étoile au sommet.

Il perça des trous qu'il transforma en fenêtres, en étoiles, en croissants de lune et en petits ronds. Et tout autour, il découpa des formes de feuilles, de fleurs et d'oiseaux.

Il donna une jolie forme incurvée à l'une des petites planches, et sculpta tout autour des feuilles, des fleurs, des étoiles, et au milieu, des croissants de lune et des arabesques.

Autour de la plus petite planche, il sculpta une délicate vigne.

Il sculptait tout ce qui lui semblait joli, avec soin et en faisant des copeaux minuscules.

Une fois qu'il eut terminé, il assembla les morceaux. La plus grande planche était devenue le dossier merveilleusement sculpté d'une petite étagère dominée par la grande étoile. La partie arrondie, sculptée elle aussi, soutenait l'étagère par en dessous.

Cette petite console était un cadeau de Noël que Papa destinait à Maman. Il la fixa avec soin contre le mur en rondins entre les deux fenêtres, et Maman y posa sa petite dame tout en porcelaine.

La figurine avait un bonnet, des boucles le long de son cou. Sa robe était lacée sur le devant, et elle portait un tablier rose pâle et de petits souliers dorés. Elle était si belle, debout sur l'étagère, entre les fleurs, les feuilles, les oiseaux et les lunes, et la grande étoile au-dessus.

Maman était occupée toute la journée à préparer de bonnes choses pour Noël. Elle faisait cuire du pain au levain, du pain de seigle indien, des biscuits suédois, et une grande marmite de porc salé aux haricots avec de la mélasse. Elle fit des gâteaux au vinaigre et aux pommes séchées, et remplit un grand bocal de biscuits. Après quoi, elle laissa Laura et Marie lécher la cuillère.

Un matin, elle fit bouillir de la mélasse et du sucre pour en faire un sirop épais, et Papa ramena de dehors deux poêles remplies de neige blanche et propre. Laura et Marie avaient chacune la leur et leurs parents leur montrèrent comment il fallait verser le sirop noir en petits ruisseaux dans la neige.

Elles faisaient des ronds, des arabesques, des tortillons qui durcissaient aussitôt, et c'étaient des bonbons. On leur donna la permission d'en manger un chacune, mais le reste fut mis de côté pour le jour de Noël.

Tous ces préparatifs étaient pour tante Éliza, oncle Peter et les cousins Peter, Alice et Ella, qui devaient venir passer les fêtes chez eux.

Ils arrivèrent le 24 décembre. Laura et Marie entendirent les clochettes du traîneau qui approchait, puis celui-ci sortit des bois et s'arrêta devant la barrière. Les cousins étaient bien protégés par des couvertures et des peaux de bison. Ils étaient emmitouflés dans une telle quantité de pelisses, de cache-nez et de châles qu'ils ressemblaient à de gros paquets informes.

Une fois qu'ils furent tous à l'intérieur, la petite maison parut pleine à déborder. Black Susan s'enfuit dans la grange, mais Jack sautait en rond dans la neige, aboyant à n'en plus finir. Maintenant, les cousins étaient là pour jouer avec lui !

Enfin déshabillés, Peter, Alice et Ella se mirent à courir et à crier avec Laura et Marie. Tante Éliza finit par leur enjoindre de se tenir tranquilles. Alice dit alors :
— J'ai une idée. Si on allait faire des dessins ?

Elle leur expliqua qu'il fallait sortir pour cela. Maman dit d'abord qu'il faisait trop froid pour que Laura joue à l'extérieur. Mais quand elle vit combien sa fille était déçue, elle l'autorisa pour un petit moment, bien protégée par son manteau, ses moufles, une cape chaude avec un capuchon, et une écharpe autour du cou.

Laura ne s'était jamais autant amusée. Toute la matinée, ils jouèrent dans la neige. Voici comment ils procédaient :

chacun devait grimper sur une souche et puis, au signal, les bras écartés, ils se laissaient tous ensemble tomber à plat, la figure dans la neige profonde et douce. Et ensuite il fallait se relever sans abîmer les empreintes faites en tombant. Quand on avait réussi, il y avait dans la neige la forme exacte de quatre filles et d'un garçon, avec les bras, les jambes et tout. Ils appelaient cela leurs images.

Les enfants avaient tellement joué toute la journée, que, la nuit venue, ils étaient trop excités pour se coucher. Mais s'ils ne dormaient pas, saint Nicolas ne viendrait pas. Alors, ils accrochèrent leurs bas près de la cheminée, dirent leurs prières et se couchèrent. Alice, Ella, Marie et Laura sur un grand matelas par terre.

Peter était dans le lit à roulettes. Tante Éliza et oncle Peter dans le grand lit, et on en avait installé un autre au grenier pour Maman et Papa. L'oncle Peter avait rentré les peaux de bison et les couvertures du traîneau, il y avait ainsi de quoi couvrir tout le monde.

Papa, Maman, tante Éliza et oncle Peter bavardaient, assis près de la

cheminée. Et juste comme Laura était sur le point de glisser dans le sommeil, elle entendit l'oncle Peter qui disait :
— Éliza l'a échappé belle l'autre jour, alors que j'étais à Lake City. Vous connaissez mon gros chien, Prince ?

Laura se réveilla tout de suite. Elle aimait bien les histoires de chiens. Elle se tint immobile comme une souris, en regardant la lumière du feu qui palpitait sur les murs de rondins, et écouta oncle Peter.
— Alors, voilà, dit-il. Éliza était sortie de bonne heure pour aller chercher un seau d'eau à la source et Prince la suivait. Et comme elle arrivait au bord du ravin, là où le sentier descend jusqu'à la source, Prince l'a tout d'un coup saisie par le bas de sa robe et a tiré.

« Vous savez comme il est grand. Éliza avait beau le gronder, il ne voulait pas lâcher prise, et il est si fort qu'elle ne parvenait pas à se libérer. Il continuait à reculer en tirant, et il finit même par lui arracher un morceau de sa jupe.
— C'était celle en imprimé bleu, dit Éliza à Maman.

— Quel dommage ! fit Maman.
— Il en a déchiré un gros morceau derrière. Et j'étais tellement furieuse que je l'aurais battu. Mais il me montrait les dents en grognant.
— Prince t'a montré les dents ? dit Papa.
— Oui.
L'oncle Peter reprit :
— Alors, elle s'est remise en marche vers la source, mais Prince a sauté sur le chemin devant elle d'un air menaçant. Il continuait à gronder en montrant les dents et, quand elle a voulu passer, il a fait mine de la mordre. Alors, elle a eu peur.
— Je la comprends, dit Maman.
— Il avait l'air si méchant que je pensais qu'il allait me mordre, dit tante Éliza.

— Je n'ai jamais rien entendu de pareil, dit Maman. Et alors, qu'as-tu fait ?
— J'ai fait demi-tour et j'ai couru jusqu'à la maison où m'attendaient les enfants, et j'ai claqué la porte.
— Bien sûr, Prince est agressif envers les étrangers, mais il a toujours été très doux avec Éliza et les enfants, alors j'avais l'impression qu'ils étaient en sécurité quand je les laissais avec lui. Éliza n'y comprenait rien.

« Une fois qu'elle se fut enfermée dans la maison, il a continué à passer et repasser devant la porte en grognant. Chaque fois qu'elle voulait ouvrir la porte, il lui montrait les dents.
— Il était devenu fou ? demanda Maman.
— C'est ce que j'ai cru, dit tante Éliza. Je ne savais que faire. Je me trouvais enfermée dans la maison avec les enfants, et je n'osais plus sortir. Nous n'avions plus d'eau. Je ne pouvais même pas aller chercher de la neige pour la faire fondre. Chaque fois que j'entrebâillais la porte, Prince avait l'air de vouloir me mettre en morceaux.

— Combien de temps cela a-t-il duré ? demanda Papa.
— Toute la journée, répondit tante Éliza. Peter avait emporté le fusil, sans cela, je l'aurais abattu.
— Vers la fin de l'après-midi, il s'est calmé, dit oncle Peter, et s'est couché devant la porte. Éliza a cru qu'il s'était endormi, et elle a décidé de faire une tentative, mais bien sûr, il s'est tout de suite réveillé. Quand il a vu qu'elle avait un seau à la main, il s'est levé et a marché devant elle jusqu'à la source comme d'habitude. Alors là, tout autour de la source, dans la neige, il y avait les traces fraîches d'un puma.
— Des traces grosses comme ma main, dit tante Éliza.
— Oui, c'était un gros animal. Je n'ai jamais vu de plus grandes empreintes. Il aurait certainement sauté sur Éliza si Prince l'avait laissée aller à la source ce matin-là. Il s'était tenu couché sur le grand chêne au-dessus de la source, attendant qu'un animal vienne boire. Et il aurait sans aucun doute attaqué Éliza.

« La nuit tombait quand Éliza vit ces traces, et elle ne perdit pas de temps à rentrer à la maison avec son seau d'eau. Prince la suivait de près, se retournant de temps à autre pour regarder dans le ravin.

— Je l'ai fait rentrer avec moi dans la maison, dit tante Éliza, et nous y sommes restés jusqu'au retour de Peter.

— Est-ce que tu as pu le tuer ? demanda Papa à l'oncle Peter.

— Non, répondit-il. J'ai pris mon fusil et j'ai cherché alentour, mais je ne l'ai pas trouvé. J'ai vu d'autres traces. Il était parti vers le nord, s'enfonçant dans les Grands Bois. »

Alice, Ella et Marie étaient maintenant bien éveillées. Laura rentra sa tête sous les couvertures et chuchota à Alice :

— Tu as dû avoir une de ces peurs !

Alice chuchota que oui, mais pas autant qu'Ella. Et Ella leur murmura qu'elle n'avait pas eu peur du tout.

— Eh bien, en tout cas, tu as fait plein d'histoires en disant que tu avais soif.

Elles continuèrent leurs chuchotements jusqu'à ce que Maman dise :

— Charles, ces enfants ne vont jamais s'endormir si tu ne leur joues pas un peu de musique.

Alors, Papa alla chercher son violon.

La pièce était tranquille et chaude. Les ombres de Maman, de tante Éliza et d'oncle Peter tremblaient sur les murs à la lueur vacillante des flammes tandis que le violon de Papa chantait doucement.

Il joua *Le riche castor, La génisse rousse, Le rêve du diable,* et *Le voyageur de l'Arkansas.* Et Laura s'endormit pendant que Papa chantait doucement en s'accompagnant de son violon :

Ma chérie, ma Nelly Gray,
Pourquoi vous ont-ils emmenée,
Jamais je ne vous reverrai...

Le lendemain matin, ils se réveillèrent presque tous en même temps. Alice, Laura, Ella et Peter, en chemise de nuit de flanelle rouge, se précipitèrent en criant pour voir s'il y avait quelque chose dans leurs bas — saint Nicolas était passé.

Chaque bas contenait une paire de moufles rouge vif et un long sucre d'orge rayé rouge et blanc à la menthe, avec de jolies dentelures tout du long.

Au début, ils furent si heureux qu'ils restèrent muets devant ces jolis cadeaux, les yeux brillants. Mais c'était Laura la plus heureuse. Laura avait reçu une poupée de chiffon.

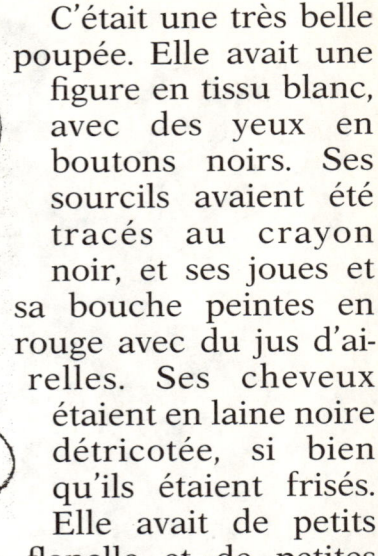

C'était une très belle poupée. Elle avait une figure en tissu blanc, avec des yeux en boutons noirs. Ses sourcils avaient été tracés au crayon noir, et ses joues et sa bouche peintes en rouge avec du jus d'airelles. Ses cheveux étaient en laine noire détricotée, si bien qu'ils étaient frisés. Elle avait de petits bas rouges en flanelle et de petites guêtres en tissu noir en guise de chaussures. Sa robe était faite d'un joli calicot rose et bleu.

Elle était si belle que Laura ne pouvait prononcer une parole. Elle la serrait seulement très fort, oubliant tout le reste. Elle ne s'aperçut pas que tout le monde la regardait, jusqu'à ce que tante Éliza dise :
— A-t-on jamais vu d'aussi grands yeux !

Les autres fillettes n'étaient pas jalouses que Laura ait eu une poupée en plus, parce qu'elle était la plus jeune, sauf Bébé Carrie et le bébé de tante Éliza, Dolly Varden. Les bébés étaient trop petits pour avoir des poupées. Ils étaient tellement petits qu'ils ne savaient même pas que saint Nicolas existait. Ils mettaient seulement leur doigt dans la bouche en se tortillant, à cause de toute cette excitation autour d'eux. Laura s'assit sur le rebord du lit en tenant sa poupée. Elle aimait les moufles rouges, et elle aimait le sucre d'orge, mais elle préférait sa poupée. Elle l'appellerait Charlotte.

Puis chacun essaya ses moufles. Peter mordit un grand morceau de son sucre d'orge, mais Alice, Ella, Marie et Laura suçaient les leurs, pour qu'ils durent plus longtemps.

— Eh bien, eh bien ! s'écria l'oncle Peter. N'y a-t-il vraiment pas un seul bas avec juste un martinet dedans ? Alors, comme ça, vous avez été de braves enfants ?

Mais ils ne croyaient pas que saint Nicolas aurait vraiment pu ne donner à l'un d'eux qu'un martinet. Cela arrivait peut-être à certains enfants, mais

pas à eux. C'était si difficile d'être sage tout le temps, chaque jour, et pendant toute une année.
— Ne taquine pas les enfants, Peter, dit tante Éliza.

Maman dit à Laura :
— Ne veux-tu pas prêter un peu ta poupée aux autres filles ?

Elle voulait dire : « Les petites filles ne doivent pas être si égoïstes. »

Alors Laura permit à Marie de prendre sa belle poupée, puis ensuite à Alice pendant une minute, et enfin à Ella. Elles caressaient la robe, admiraient les bas et les guêtres, et les cheveux de laine. Mais Laura fut heureuse quand Charlotte se retrouva enfin à l'abri entre ses bras.

Papa et oncle Peter avaient chacun une nouvelle paire de moufles chaudes, tricotées en petits carrés rouge et blanc. C'était Maman et tante Éliza qui les avaient faites.

Tante Éliza avait apporté à Maman une grosse pomme rouge toute piquée de clous de girofle. Comme elle sentait bon ! Et elle ne s'abîmerait pas, car les clous de girofle la conserveraient bien ferme et bien sucrée.

Maman donna à tante Éliza un porte-aiguilles qu'elle avait confectionné avec des morceaux de soie sur le dessus, et de la flanelle blanche toute douce à l'intérieur en petites feuilles sur lesquelles elle piquerait ses aiguilles. La flanelle les empêcherait de rouiller.

Tout le monde admira la console de Maman, et tante Éliza dit que l'oncle Peter en avait fabriqué une pour elle — mais avec des motifs différents, naturellement.

Saint Nicolas ne leur avait rien donné du tout. Saint Nicolas ne donnait pas de cadeaux aux grandes personnes, mais ce n'était pas parce qu'elles n'avaient pas été sages. C'était parce qu'elles étaient grandes, et les grandes personnes doivent s'offrir des cadeaux entre elles.

Puis il fallut laisser les cadeaux de côté pendant un moment. Peter sortit avec Papa et oncle Peter pour exécuter les corvées de la vie quotidienne. Alice et Ella aidèrent tante Éliza à faire les lits. Laura et Marie mirent le couvert pendant que Maman préparait le petit déjeuner.

Maman fit pour chacun des enfants une crêpe en forme de bonhomme. Elle les appelait chacun à leur tour afin qu'ils apportent leur assiette. Et ils se tenaient, l'un après l'autre, à côté du fourneau en regardant Maman faire les bras, les jambes et puis la tête, avec une cuillère pleine de pâte. C'était passionnant de la voir retourner le petit bonhomme avec habileté dans la poêle chaude. Lorsqu'il était cuit, elle le posait sur l'assiette tout fumant.

Peter mangea la tête de son bonhomme en premier. Mais Alice, Ella, Marie et Laura dégustèrent le leur lentement, morceau par morceau, d'abord les bras et les jambes, ensuite le milieu, en gardant la tête pour la fin.

Il faisait si froid ce jour-là qu'il fut impossible de jouer dehors, mais on pouvait admirer les nouvelles moufles, et sucer le sucre d'orge. Et puis ils s'assirent tous par terre et regardèrent les illustrations dans la bible, et les images de toutes sortes d'animaux et d'oiseaux dans le gros livre vert de Papa. Laura tenait tout le temps Charlotte dans ses bras.

Il y eut ensuite le déjeuner de Noël. Les enfants ne soufflèrent mot, parce qu'ils savaient qu'à table on ne devait pas les entendre. Ils n'avaient cependant pas besoin de demander qu'on les resserve. Maman et tante Éliza remplissaient leurs assiettes et les laissaient manger toutes les bonnes choses qu'ils pouvaient avaler.

— C'est Noël seulement une fois l'an, dit tante Éliza.

Ils avaient déjeuné de bonne heure, parce que tante Éliza, oncle Peter et les cousins avaient un long chemin à parcourir pour rentrer chez eux.

— Malgré tous les efforts que les chevaux pourront faire, nous ne serons pas à la maison avant la nuit, dit oncle Peter.

Alors, dès que le repas fut terminé, oncle Peter et Papa allèrent atteler les chevaux au traîneau, tandis que Maman et tante Éliza habillaient les cousins.

Ils enfilèrent de gros bas de laine par-dessus les bas et les souliers qu'ils portaient déjà. Ils mirent des moufles, des manteaux, des capuchons chauds et des châles, enroulèrent des écharpes autour de leur cou et sur leur visage. Maman leur glissa des pommes de terre cuites et encore chaudes dans les poches pour leur tenir chaud aux mains et les fers à repasser de tante Éliza chauffaient sur le poêle, prêts à être posés dans le traîneau à leurs pieds. Il y avait aussi les couvertures, les édredons et les peaux de bison.

Et ainsi, ils s'installèrent confortablement dans le grand traîneau. Papa borda soigneusement les fourrures autour d'eux.
— Au revoir ! Au revoir ! crièrent-ils en s'éloignant.

Les chevaux trottaient gaiement et les clochettes tintaient.

Bientôt, leur joyeuse musique s'évanouit. Noël était fini. Quel beau Noël cela avait été !

5. Les dimanches

L'hiver tirait en longueur maintenant. Laura et Marie commençaient à en avoir assez de rester enfermées dans la maison. Surtout le dimanche, où le temps semblait passer particulièrement lentement.

Chaque dimanche, elles étaient habillées de pied en cap avec leurs plus beaux habits, des rubans fraîchement repassés dans les cheveux. Toutes propres, car elles avaient pris leur bain le samedi soir.

En été, elles se baignaient dans l'eau de la source. Mais l'hiver, Papa remplissait le baquet de neige fraîche, et on le mettait sur le fourneau où la neige fondait. Alors Maman baignait d'abord Laura et ensuite Marie tout près de la chaleur du fourneau, derrière un écran fait d'une couverture posée sur deux chaises.

Laura passait en premier parce qu'elle était plus petite que Marie. Elle se couchait plus tôt le samedi soir, car une fois qu'elle avait pris son bain et mis sa chemise de nuit propre, Papa devait vider le tub et le remplir à nouveau pour Marie. Ensuite, c'était au tour de Maman, et enfin de Papa. Ils étaient ainsi tous propres pour le dimanche.

Le dimanche, Marie et Laura ne devaient pas courir, ni crier, ni jouer à des jeux bruyants. Marie ne pouvait pas coudre sa courtepointe [1] en neuf morceaux, et Laura ne pouvait pas tricoter les moufles minuscules qu'elle faisait pour Bébé Carrie. Elles pouvaient tenir

1. Les couvre-lits américains de cette époque étaient faits d'un assemblage de chutes de tissus de toutes les couleurs. On les appelait des « patchwork quilts » et ils étaient doublés et matelassés.

gentiment leurs poupées et leur parler, mais elles ne pouvaient rien leur confectionner de nouveau.

Elles devaient rester tranquilles à écouter Maman leur lire des histoires de la Bible ou de lions, de tigres et d'ours blancs dans le gros livre vert de Papa, *Les merveilles du monde des animaux*. Elles pouvaient regarder les images.

Laura préférait celles de la grande bible, avec leurs feuilles transparentes. La plus belle était celle où Adam donnait leur nom aux animaux.

Adam était assis sur un rocher, et tous les animaux et les oiseaux, petits et grands, l'entouraient et attendaient avec anxiété d'apprendre quels animaux ils étaient. Adam avait l'air tellement à son aise. Il n'avait pas besoin de se soucier de salir ses habits, parce qu'il n'en portait pas. Il avait seulement une peau attachée autour de son ventre.

— Est-ce qu'Adam avait des habits du dimanche ? demanda Laura à Maman.
— Non, dit Maman. Le pauvre Adam n'avait que des peaux à se mettre.

89

Laura ne plaignait pas Adam. Elle aurait bien voulu être comme lui.

Un dimanche, après le repas, elle ne put plus supporter tout cela. Elle se mit à jouer avec Jack et, quelques minutes plus tard, elle était en train de courir et de crier. Papa lui dit d'aller s'asseoir sur sa chaise et de rester tranquille, mais lorsqu'elle s'assit, elle se mit à pleurer et à donner des coups de pied à la chaise.

— Je déteste le dimanche ! dit-elle.

Papa posa son livre.

— Laura, dit-il sévèrement, viens ici.

Elle s'avança en traînant les pieds parce qu'elle savait bien qu'elle méritait une fessée. Mais quand elle arriva auprès de Papa, il la

dévisagea tristement un moment puis la prit sur ses genoux. Il la serra contre lui, tendit l'autre bras vers Marie et dit :
— Je vais vous raconter une histoire de Grand-Père quand il était petit :

Histoire du traîneau de Grand-Père et du cochon.
— Quand Grand-Père était petit, Laura, le repos du dimanche ne commençait pas le dimanche matin, comme aujourd'hui. Il commençait au coucher du soleil le samedi soir. Alors, tout le monde arrêtait travail et jeux.

« Le dîner était solennel. Après le dîner, le père de Grand-Père lisait à haute voix un chapitre de la Bible pendant que tout le monde se tenait bien droit et tranquille sur sa chaise. Puis, ils s'agenouillaient et leur père disait une longue prière. Quand il disait amen, ils se relevaient et chacun prenait une bougie et allait se coucher.

Ils devaient aller tout droit au lit, sans jouer, sans rire et même sans parler.

« Le dimanche matin, ils mangeaient un petit déjeuner froid, parce qu'on ne faisait pas de cuisine le dimanche. Puis ils mettaient leurs plus beaux habits et se rendaient à l'église. Ils y allaient à pied, parce qu'on considérait qu'atteler les chevaux était un travail et qu'il ne fallait pas travailler le dimanche.

« Ils marchaient lentement et solennellement, en regardant droit devant eux. Ils ne devaient ni plaisanter, ni rire, ni même sourire. Grand-Père et ses deux frères précédaient leurs parents.

« Dans l'église, Grand-Père et ses frères devaient rester assis sans bouger pendant deux longues heures et écouter le sermon. Ils n'osaient pas remuer sur le banc dur. Ils n'osaient pas balancer leurs pieds. Ils n'osaient pas tourner la tête et regarder les fenêtres et les murs ou le plafond de l'église. Ils devaient demeurer absolument immobiles, et ne jamais quitter des yeux le pasteur.

« Lorsque le service était fini, ils retournaient lentement à la maison. Ils pouvaient parler en chemin, mais sans élever la voix. À la maison, ils mangeaient un repas froid qui avait été préparé la veille. Puis, tout le long de l'après-midi, ils devaient rester assis en rang sur un banc et apprendre leur catéchisme, jusqu'à ce qu'enfin le soleil se couche et que le dimanche soit terminé.

« La maison de Grand-Père était à mi-chemin sur la pente raide d'une colline. La route, qui descendait du haut de la colline, passait juste devant la porte, et, en hiver, c'était le meilleur endroit qu'on puisse imaginer pour faire de la luge.

« Une semaine, Grand-Père et ses deux frères, James et George, étaient en train de fabriquer une nouvelle luge. Ils y travaillaient pendant tout leur temps libre, sans perdre une minute. C'était la plus belle luge qu'ils avaient jamais construite, et elle était si longue qu'ils pouvaient y tenir tous les trois, l'un derrière l'autre. Ils comptaient l'avoir achevée le samedi matin, car, chaque samedi après-midi, ils avaient deux ou trois heures pour jouer.

« Mais, cette semaine-là, leur père abattait des arbres dans les Grands Bois.

Il avait beaucoup de travail et garda les garçons avec lui pour l'aider. Ils firent toutes les corvées du matin à la lumière des lanternes, et ils étaient déjà à l'œuvre dans les bois quand le soleil se leva. Ils trimèrent jusqu'à la nuit, et ensuite il y eut encore à faire. Après dîner, ils durent aller se coucher car il fallait se lever tôt le lendemain.

« Ils n'eurent pas le temps de travailler à la luge avant le samedi après-midi. Alors, ils s'échinèrent autant qu'ils purent, mais elle ne fut terminée qu'au coucher du soleil.

« Après le coucher du soleil, ils ne purent pas descendre la colline sur leur luge, pas même une seule fois. Ç'aurait été rompre le repos du dimanche. Alors, ils la rangèrent sous l'auvent, derrière la maison, en attendant que le dimanche soit fini.

« Le lendemain, pendant les deux longues heures à l'église, alors qu'ils gardaient leurs pieds tranquilles et leurs yeux fixés sur le pasteur, ils pensaient à leur luge. À la maison, tout en mangeant leur repas, ils ne pensaient à rien d'autre. Après le repas, leur père s'assit pour lire la Bible, et Grand-Père, James et George restèrent sur leur banc, sages comme des images, avec leur catéchisme. Mais ils ne pensaient à rien d'autre qu'à leur luge.

« Le soleil brillait, la neige était moelleuse et étincelait sur le chemin, ils pouvaient la voir par la fenêtre. C'était une journée idéale pour descendre la colline en luge. Il leur semblait que le dimanche ne finirait jamais.

« Au bout d'un long moment, ils entendirent un ronflement. Ils virent leur père, la tête renversée sur le dossier de sa chaise, qui était profondément endormi.

« Alors, James regarda George, et il se leva de son banc et sortit de la pièce sur la pointe des pieds par la porte de derrière. George regarda Grand-Père et sortit sur la pointe des pieds derrière

James. Et Grand-Père regarda son père avec crainte, mais suivit George lui aussi sur la pointe des pieds, laissant son père ronfler.

« Ils prirent leur nouvelle luge et grimpèrent doucement au sommet de la colline. Ils voulaient descendre ne serait-ce qu'une fois. Après quoi, ils se glisseraient à nouveau jusqu'à leur banc avec leur catéchisme avant le réveil de leur père.

« James s'assit devant, puis George, puis Grand-Père, parce que c'était le plus petit. La luge partit, d'abord lentement, puis de plus en plus vite. Elle filait, elle volait le long de la pente raide, mais les garçons n'osaient pas crier. Ils devaient passer en silence devant la maison, sans réveiller leur père.

« Il n'y avait pas un bruit, sauf le crissement léger des patins sur la neige et le sifflement du vent.

« Et juste au moment où la luge fonçait vers la maison, voilà qu'un grand cochon noir sortit des bois. Il s'avança jusqu'au milieu du chemin et s'immobilisa.

« La luge allait si vite qu'on ne pouvait pas l'arrêter. Ils n'eurent même pas le temps de la renverser. Elle passa sous le cochon et le souleva. Il poussa un cri aigu et s'assit sur James en continuant de glapir un squiiii...ii...ii... ! squi...ii...ii...ii !

« Ils filèrent comme l'éclair, le cochon assis devant, puis James, puis George, puis Grand-Père, et ils virent leur père, debout sur le seuil de la maison, qui les regardait. Ils ne pouvaient pas s'arrêter, ils ne pouvaient pas se cacher, et ils n'eurent pas le temps de dire quoi que ce soit. Ils dévalaient la colline, avec le cochon assis sur James et qui criait tout le temps.

« Ils s'arrêtèrent en bas de la colline. Le cochon s'enfuit dans les bois, toujours criant.

« Les garçons remontèrent la pente en marchant avec lenteur et gravité. Ils rangèrent la luge. Ils se glissèrent dans la maison et allèrent s'asseoir sans bruit à leur place sur le banc. Leur père lisait sa bible. Il leva la tête et les observa sans dire un mot.

« Puis il se remit à lire et ils étudièrent leur catéchisme.

« Mais quand le soleil se fut couché, une fois le repos du dimanche terminé, leur père se rendit avec eux dans la bûcherie et les rossa. D'abord James, puis George, puis Grand-Père.

« Alors, vous voyez, Laura et Marie, acheva Papa, vous trouvez peut-être qu'il est difficile d'être sage, mais vous devriez être heureuses que ce ne soit pas aussi difficile maintenant que du temps où Grand-Père était petit.
— Est-ce que les petites filles devaient être aussi sages que cela ? demanda Laura.

Et Maman répondit :
— C'était encore plus difficile pour elles. Parce qu'elles devaient se conduire tout le temps comme des petites femmes, et pas seulement le dimanche. Elles ne pouvaient jamais faire de la luge sur la colline comme les garçons. Elles devaient rester assises à la maison et s'exercer à coudre sur des échantillons.

— Maintenant, allez et laissez Maman vous mettre au lit, dit Papa.

Et il sortit son violon de sa boîte.

Laura et Marie, couchées dans leur lit à roulettes, écoutaient les cantiques du dimanche, parce que même le violon ne devait pas chanter de chansons de tous les jours le dimanche.

> *Irai-je jusqu'aux Cieux*
> *sur des lits parfumés,*
> *quand d'autres ont lutté*
> *dans des flots de douleur ?*

Laura commençait à s'endormir, bercée par la musique. Puis elle entendit un bruit de vaisselle : Maman près du poêle préparait le petit déjeuner. C'était lundi matin, et dimanche ne reviendrait pas avant une semaine.

Ce jour-là, quand Papa vint prendre son petit déjeuner, il attrapa Laura et lui dit qu'il devait lui flanquer une fessée.

Il commença par lui expliquer que c'était aujourd'hui son anniversaire et qu'elle ne grandirait pas comme

il faut pendant cette nouvelle année si elle n'avait pas reçu une fessée. Et il la fessa si gentiment, et avec tant de précaution, qu'il ne lui fit pas mal du tout.
— Un, deux, trois, quatre, cinq, six, comptait-il tout en la frappant avec lenteur. Une tape par année, et enfin une grande tape pour t'aider à grandir.

Puis il lui donna un petit bonhomme qu'il avait taillé dans un morceau de bois, pour tenir compagnie à Charlotte. Maman lui donna cinq petits gâteaux, un pour chaque année que Laura avait vécue avec ses parents. Et Marie lui donna une nouvelle robe pour Charlotte. Elle l'avait confectionnée toute seule, alors que Laura croyait qu'elle était en train de travailler à sa courtepointe.

Et, ce soir-là, pour célébrer l'anniversaire, Papa joua *Pop fit la belette* pour elle [1].

Il s'assit avec Laura et Marie tout près de lui et commença à jouer.

1. *Pop goes the weasel,* chanson très populaire, mettant en scène une belette qui jaillit d'une boîte à musique.

— Maintenant, regardez bien, leur dit-il, peut-être verrez-vous la belette sauter cette fois-ci. Puis il se mit à chanter :

>   *Un sou pour une bobine de fil*
>   *un autre pour une aiguille,*
>   *Et c'est comme ça*
>   *que l'argent s'en va.*

Laura et Marie se penchaient et surveillaient attentivement, car elles savaient que c'était juste le moment.

— Pop ! (disait le doigt de Papa sur la corde) fit la belette (chantait le violon).

Mais ni Laura ni Marie n'avaient vu le doigt de Papa faire pop ! sur la corde.
— Oh, s'il te plaît, s'il te plaît, fais-le encore ! suppliaient-elles.

Les yeux bleus de Papa riaient, et le violon continuait à jouer pendant qu'il chantait :

Tout autour du banc du cordonnier,
le singe chassait la belette,
le pasteur embrassait la mariée
— et Pop ! fit la belette.

Elles n'avaient pas vu le doigt de Papa cette fois-ci non plus. Il était si rapide qu'elles ne pouvaient jamais y arriver.

Alors elles allèrent se coucher en riant encore et en écoutant Papa chanter avec son violon :

Il était un vieux moricaud
qui s'appelait oncle Ned,
Et il est mort depuis longtemps.
Il n'y avait pas de laine sur sa tête
Là où elle aurait dû pousser.

*Il avait les doigts longs
Comme des cannes de bambou,
Ses yeux ne voyaient presque plus,
Et il n'avait plus de dents
Pour manger les gâteaux,
Alors, il n'en mangeait plus.*

*Alors, posez vos pelles et vos binettes,
Posez votre violon et votre archet.
Il n'y a plus de travail pour le vieil oncle
    Ned,
Car il s'en est allé au pays où s'en vont
    les bons moricauds.*

6. Les deux gros ours

Puis un jour, Papa annonça que le printemps était là.

La neige commençait à fondre dans les Grands Bois. Il en tombait des branches par petits paquets qui faisaient des trous dans la neige ramollie. À midi, les grands glaçons le long des gouttières de la petite maison frémissaient ·et scintillaient au soleil, et des gouttes d'eau tremblaient à leur extrémité.

Papa annonça qu'il devait aller en ville pour vendre les fourrures des animaux qu'il avait pris au piège durant l'hiver. Il en fit un grand ballot. Il y en

105

avait tellement qu'une fois bien entassées et serrées ensemble, le ballot était presque aussi grand que lui.

Un matin, de très bonne heure, Papa attacha le ballot avec des courroies sur ses épaules et partit à pied pour la ville. Il était tellement chargé qu'il ne put pas prendre son fusil.

Maman s'inquiétait, mais Papa dit qu'en se mettant en route avant le lever du soleil et en marchant très vite toute la journée, il pourrait sûrement être de retour avant la nuit.

La ville la plus proche était très loin. Laura et Marie n'en avaient encore jamais vu. Elles n'avaient jamais vu de magasin. Elles n'avaient même jamais vu deux maisons l'une à côté de l'autre. Mais elles savaient qu'en ville il y avait beaucoup de maisons, et qu'un magasin était un lieu rempli de sucreries, d'étoffes et autres merveilles — de la poudre, du plomb, du sel et du sucre.

Elles savaient que Papa échangerait ses fourrures contre de belles choses et attendirent toute la journée les cadeaux qu'il allait leur rapporter. Quand le soleil descendit jusqu'au sommet des arbres et que les gouttes cessèrent de tomber de la pointe des glaçons, elles guettèrent leur père avec impatience.

Le soleil disparut, les bois devinrent sombres, et il ne rentrait pas. Maman prépara le dîner, mit le couvert, mais il ne rentrait pas. C'était l'heure de la traite et il n'était toujours pas là.

Maman proposa à Laura de venir avec elle traire la vache. Laura pourrait porter la lanterne.

Alors Laura enfila son manteau, enfonça ses mains dans ses moufles rouges qui pendaient à une cordelette de laine rouge passée autour de son cou, tandis que Maman allumait la bougie de la lanterne.

Laura était fière d'aider sa mère. Elle tenait la lanterne avec grande précaution. Ses côtés étaient en étain, avec des découpes par lesquelles la lumière de la bougie faisait des petites taches sautant dans la neige tout autour d'elle.

Il ne faisait pas tout à fait nuit. Les bois étaient obscurs, mais il y avait une lueur grise sur le chemin enneigé, et quelques étoiles scintillaient faiblement dans le ciel. Ces étoiles ne paraissaient pas aussi chaudes et brillantes que les petites lumières de la lanterne.

Laura fut surprise d'apercevoir la silhouette sombre de Sukey, la vache, près de la barrière de l'enclos devant l'étable. Maman fut surprise, elle aussi.

À cette époque de l'année, Sukey n'allait pas brouter dans les Grands Bois. Elle vivait dans l'étable. Mais, parfois, quand les jours étaient doux, Papa laissait la porte ouverte afin qu'elle puisse sortir dans l'enclos.

Maman s'approcha de la barrière et la poussa. Mais celle-ci ne s'ouvrit pas beaucoup parce que Sukey était appuyée contre elle. Maman dit alors :
— Sukey, pousse-toi !

Elle se pencha par-dessus la barrière et lui donna une tape sur l'épaule.

Juste à ce moment, une des petites taches de lumière de la lanterne sauta entre les barreaux, et Laura vit une longue fourrure noire hirsute, et deux petits yeux luisants.

Sukey avait un pelage ras et brun. Sukey avait de grands yeux gentils.

Maman dit alors :
— Laura, retourne à la maison.

Laura obéit et fit demi-tour. Maman la suivait. Quand elles eurent fait une partie du chemin, Maman la rattrapa avec la lanterne et l'entraîna en courant jusqu'à la maison. Elle claqua la porte, et Laura demanda :
— Maman, est-ce que c'était un ours ?
— Oui, Laura, fit Maman. C'était un ours.

Laura se mit à pleurer. Elle s'accrochait à sa mère en sanglotant.
— Est-ce qu'il va manger Sukey ?
— Non, répondit Maman en la serrant contre elle. Sukey est en sécurité dans l'étable. Pense à ces énormes rondins qui ont servi à en construire les murs. Et la porte est lourde et solide, faite pour tenir les ours à l'écart. Non, l'ours ne peut pas entrer et manger notre Sukey.

Laura se sentit mieux.
— Mais il n'aurait pas pu nous faire du mal à nous ?
— Il ne nous a fait aucun mal, répondit Maman. Tu as été une bonne fille, Laura, de faire exactement ce que je t'ai dit, et de le faire vite, sans demander pourquoi. (Maman tremblait encore, et puis elle se mit à rire doucement.) Quand je pense que j'ai donné une tape à un ours !

Elle mit le dîner sur la table pour Laura et Marie. Papa n'était toujours pas arrivé. Les fillettes se déshabillèrent. Ensuite elles dirent leurs prières et se blottirent dans le lit à roulettes.

Maman s'assit près de la lampe pour

repriser les chemises de Papa. La maison semblait froide, calme et étrange, sans lui.

Laura écoutait le vent dans les Grands Bois. Il hurlait tout autour de la maison, comme s'il était perdu dans la nuit et le froid. C'était comme si le vent avait peur.

Maman finit son raccommodage. Laura la vit replier la dernière chemise lentement et avec soin. Elle la lissa du plat de la main. Puis elle fit une chose qu'elle n'avait encore jamais faite. Elle alla vers la porte et poussa le verrou de cuir afin que personne ne puisse entrer. Elle alla ensuite prendre Carrie, toute molle et endormie, dans le grand lit.

En voyant que Laura et Marie étaient encore éveillées, elle leur dit :
— Dormez, mes petites filles. Tout ira bien. Papa sera là demain matin.

Puis elle retourna à son fauteuil à bascule et se balança doucement, Bébé Carrie dans ses bras.

Elle resta assise tard, à attendre son mari, et Laura et Marie voulaient rester éveillées aussi, jusqu'à son retour. Mais elles finirent par s'endormir.

Au matin, Papa était là. Il avait rapporté du sucre d'orge pour Laura et pour Marie, et des coupons de joli calicot pour leur tailler une robe à chacune. Celui de Marie était blanc avec un motif bleu de Chine, et celui de Laura rouge foncé avec des petits pois brun doré. Maman aussi avait du calicot pour se faire une robe ; il était brun, avec de grands motifs blancs légers. Elles étaient tout heureuses que Papa ait pu leur acheter de si beaux cadeaux.

On pouvait voir les traces du grand ours autour de l'étable, et il y avait les marques de ses griffes sur les rondins. Mais Sukey et les chevaux étaient sains et saufs à l'intérieur.

Le soleil brilla toute la journée, la neige fondait, et des ruisselets dégoulinaient des pendeloques de glace qui devenaient de plus en plus minces. Avant le coucher du soleil, ce soir-là, les traces de l'ours n'étaient plus que des empreintes informes dans la neige molle et mouillée.

Après le dîner, Papa prit Laura et Marie sur ses genoux en disant qu'il avait une nouvelle histoire à leur raconter.

— Quand je suis parti hier, lourdement chargé, la marche a été bien pénible dans la neige molle. J'ai mis beaucoup de temps à arriver en ville, et d'autres hommes étaient venus plus tôt avec leurs fourrures pour faire des échanges. Le patron du magasin était très occupé, et j'ai dû attendre avant qu'il puisse regarder mes peaux.

« Il a fallu ensuite discuter le prix de chacune d'elles, et enfin choisir les marchandises que je voulais en échange. Ce qui fait que le soleil était prêt à se coucher lorsque je pus enfin me remettre en route.

« J'essayai de me hâter, mais la marche était pénible et j'étais fatigué, alors je n'étais pas encore bien loin lorsque la nuit commença à tomber. Et je me retrouvai seul dans les Grands Bois sans mon fusil.

« J'avais encore neuf kilomètres à faire, et j'allais aussi vite que possible.

La nuit devenait de plus en plus noire, et j'aurais bien voulu avoir mon fusil avec moi, parce que je savais que certains ours avaient dû sortir de leur retraite. J'avais vu leurs traces, le matin.

« Les ours sont affamés et de mauvaise humeur à cette époque de l'année ; vous savez comme ils dorment tout l'hiver sans rien manger, et cela les amaigrit et leur donne mauvais caractère quand ils se réveillent. Je n'avais pas envie d'en rencontrer un.

« Quelques étoiles brillaient faiblement par-ci par-là. Il faisait un noir d'encre là où les bois étaient épais, mais dans les endroits à découvert, j'y voyais un peu. J'apercevais un bout de chemin enneigé et je distinguais les arbres autour de moi.

« Je faisais tout le temps très attention aux ours. Je guettais les bruits qu'ils pouvaient faire en traversant les buissons sans précaution.

« Puis je me retrouvai de nouveau dans un endroit découvert, et là, juste en plein milieu, j'aperçus un énorme ours noir.

« Il se tenait debout et me regardait. Je pouvais distinguer ses yeux brillants, son groin de cochon, et même ses griffes.

« Je sentis la chair de poule sur ma peau et mes cheveux se dressèrent sur ma tête. Je m'arrêtai sur place, et restai immobile. L'ours ne bougeait pas. Il demeurait là, à me regarder.

« Je savais qu'il était inutile d'essayer de le contourner. Il me suivrait dans l'obscurité des bois, où il pouvait me voir mieux que je ne pouvais le voir, lui. Je ne voulais pas me battre dans le noir avec un ours affamé par l'hiver. Oh, comme je souhaitais avoir mon fusil !

« Il me fallait dépasser cet ours et rentrer à la maison. Je pensais qu'il quitterait peut-être le chemin si j'arrivais à lui faire peur, et qu'il me laisserait passer. Alors, je respirai un bon coup et je me mis brusquement à crier de toutes mes forces et à courir vers lui en agitant les bras.

« Il ne bougea pas.

« Je vous avoue que je ne m'étais pas approché très très près. Je m'arrêtai et le fixai. Et lui, il ne broncha pas. Alors, je criai de nouveau. Sans résultat.

« Je me dis que cela n'arrangerait rien de m'enfuir. Il y avait d'autres ours dans les bois. Je pouvais en rencontrer un à n'importe quel moment. Autant me débrouiller avec celui-ci. Et puis, je devais rentrer à la maison, auprès de Maman et de vous, les petites. Je n'y parviendrais jamais s'il me fallait fuir tout ce qui se trouvait sur ma route et me faisait peur.

« Enfin, je regardai autour de moi et je ramassai un bon gros gourdin, une solide et lourde branche qui avait craqué sous le poids de la neige.

« Je l'élevai à deux mains et courus droit sur l'ours. Je balançai mon gourdin aussi fort que je pus et le fis retomber, bang ! sur sa tête.

« Il ne bougea toujours pas, car ce n'était rien d'autre qu'un tronc calciné !

« J'étais passé devant, le matin. Ce n'était pas du tout un ours. Je m'étais trompé parce que je pensais tout le temps aux ours et que j'avais peur d'en rencontrer un.

— Ce n'était vraiment pas un ours du tout ? demanda Marie.

— Non, Marie. Et j'avais crié, dansé, agité les bras tout seul dans les Grands Bois, essayant de faire peur à un tronc !

Laura dit :

— Le nôtre était vraiment un ours. Mais nous n'avons pas eu peur, car nous pensions que c'était Sukey.

Son père la serra plus fort contre lui.

— O-o-oh ! Cet ours aurait bien pu nous manger, Maman et moi ! reprit Laura, en se blottissant plus près de lui. Mais Maman lui a flanqué une tape, et il n'a rien fait. Pourquoi n'a-t-il rien fait ?

— Il a été sans doute trop surpris, dit Papa. Je crois qu'il a eu peur quand il a été ébloui par la lanterne. Et quand Maman lui a donné une tape, il savait qu'elle n'avait pas peur.
— Eh bien, toi aussi, tu es courageux, rétorqua Laura. Même si ce n'était qu'un tronc, tu pensais que c'était un ours. Tu lui aurais cogné sur la tête avec un grand gourdin s'il avait vraiment été un ours, n'est-ce pas ?
— Oui, répondit Papa. C'est ce que j'aurais fait. Vous voyez, il fallait le faire.

Alors Maman dit qu'il était temps d'aller se coucher. Elle aida Laura et Marie à se déshabiller et à boutonner leur chemise de nuit. Elles s'agenouillèrent près de leur lit à roulettes et dirent leur prière :

Maintenant, je me couche pour dormir,
Je te prie, Seigneur, de veiller sur mon
âme.
Et, si durant mon sommeil je devais,
mourir,
Seigneur, je te la confie.

Maman les embrassa toutes les deux et les borda avec soin. Elles restèrent éveillées un moment à regarder leur mère avec ses cheveux soyeux séparés par une raie et ses mains occupées à coudre à la lumière de la lampe. Son aiguille cliquetait doucement sur son dé et le fil glissait en faisant chhhhh à travers le joli calicot échangé contre des fourrures. Laura regardait son père qui graissait ses bottes. Ses moustaches, ses cheveux et sa longue barbe brune brillaient doucement sur les jolies couleurs gaies de sa veste écossaise. Il sifflait et chantait joyeusement tout en travaillant :

Les oiseaux chantaient dans le matin,
Le myrte et le lierre étaient en fleurs,
Et le soleil se levait au-dessus des collines,
C'est alors que je la couchai dans la tombe.

C'était une nuit douce. Le feu n'était plus que braises dans le foyer, et Papa ne le rechargea pas. Tout autour de la petite maison, dans les Grands Bois, on entendait le bruit feutré de la neige qui tombait et le goutte-à-goutte des glaçons qui fondaient.

Dans peu de temps, les arbres se couvriraient de petites feuilles, roses, jaunes et vert pâle, et il y aurait des fleurs sauvages et des oiseaux dans les bois.

Alors, il n'y aurait plus d'histoires au coin du feu le soir, mais Laura et Marie pourraient courir et jouer dehors tout le jour, car ce serait le printemps.

7. La neige de sucre

Depuis plusieurs jours, le soleil brillait et le temps était doux. Le matin, il n'y avait plus de givre aux fenêtres. Toute la journée, les pendeloques de glace des gouttières s'écrasaient en craquant dans les tas de neige au-dessous. Les arbres secouaient leurs branches noires mouillées et des paquets de neige tombaient par terre.

Quand Marie et Laura appuyaient leur nez contre la vitre froide, elles pouvaient voir l'eau s'égoutter du toit et des branches nues des arbres. La neige ne scintillait plus ; elle avait pris un aspect fatigué. Il y avait des trous sous les arbres, là où elle était tombée par paquets, et les congères de chaque côté du chemin fondaient et se tassaient.

Un jour, Laura aperçut une tache de terre dans la cour. Elle s'élargit au cours de la journée et, avant la nuit, la cour ne fut plus qu'une étendue de boue. Il ne restait que le chemin glacé et les remblais de neige tout du long, contre la barrière et le tas de bois.

— Je peux aller jouer dehors, Maman ? demanda Laura.
— On dit « puis-je », Laura.
— Puis-je sortir jouer ?
— Demain, promit Maman.

Cette nuit-là, Laura se réveilla en grelottant. Les couvertures paraissaient minces et elle avait le bout du nez glacé. Elle sentit que Maman était en train de la border avec un autre couvre-lit.
— Serre-toi contre Marie pour avoir chaud, lui dit-elle.

Au matin, la maison s'était réchauffée grâce au fourneau mais, quand Laura regarda par la fenêtre, elle vit que le sol était recouvert d'une épaisse couche de neige. Sur les branches, elle s'empilait comme des plumes, elle coiffait aussi la clôture et se dressait en grosses boules blanches sur les poteaux de la barrière.

Papa entra, en secouant ses épaules et ses bottes.

— C'est la neige de sucre, dit-il.

Laura tira la langue pour goûter un flocon qui s'était blotti dans un pli de sa manche. Mais c'était seulement mouillé sur sa langue, comme n'importe quelle neige. Elle était soulagée que personne ne l'ait vue y goûter.

— Pourquoi est-ce de la neige de sucre, Papa ? demanda-t-elle.

Mais il répondit qu'il n'avait pas le temps de lui expliquer en ce moment. Il devait se hâter, parce qu'il allait chez Grand-Père.

Grand-Père vivait loin de chez eux, là où les arbres étaient plus serrés et plus hauts.

Laura se tint à la fenêtre et regarda son père s'éloigner, grand, agile et fort. Il avait son fusil à l'épaule ; sa hachette et sa poire à poudre pendaient à son côté et ses grandes bottes laissaient de longues traces dans la neige poudreuse.

Laura le suivit des yeux jusqu'à ce qu'il eût disparu dans les bois.

Il revint tard, ce soir-là. Maman avait déjà allumé la lampe quand il rentra. Il portait un gros paquet sous un bras, et de l'autre main, un seau de bois couvert.

— Tiens, Caroline, dit-il en tendant le paquet et le seau à sa femme. (Puis il rangea son fusil au-dessus de la porte.) Si j'avais rencontré un ours, je n'aurais pas pu lui tirer dessus sans laisser tomber mon chargement. Et si j'avais laissé tomber ce seau et ce paquet, je n'aurais pas eu besoin de tirer. J'aurais pu rester là à le regarder manger ce qu'il y a dedans et se lécher les babines.

Maman déballa le paquet et en sortit deux pains bruns et durs, aussi gros qu'un pot à lait. Elle souleva le couvercle du seau : il était plein d'un sirop brun foncé.

— Voilà pour vous, Laura et Marie, dit Papa en leur remettant à chacune un petit paquet rond qu'il tira de ses poches.

Elles enlevèrent le papier et découvrirent chacune un petit gâteau dur et brun, avec de jolis bords dentelés.
— Mordez-le, dit Papa, et ses yeux pétillaient.

Elles en mordirent chacune un petit bout, c'était sucré. Cela s'émiettait dans la bouche. C'était même meilleur que les bonbons de Noël.
— C'est du sucre d'érable, expliqua Papa.

Le dîner était servi, et Laura et Marie posèrent leur gâteau à côté de leur assiette, pendant qu'elles mangeaient le sirop d'érable sur du pain.

Après dîner, Papa s'assit près du feu et les prit sur ses genoux. Il leur raconta sa journée chez Grand-Père, et ce qu'était la neige de sucre.
— Pendant tout l'hiver, Grand-Père a fabriqué des baquets en bois et des augets. Il les a faits en bois de cèdre et de frêne blanc, parce que ces bois-là ne donnent pas mauvais goût au sirop d'érable.

« Pour fabriquer les augets, il a partagé des baguettes longues comme ma main et larges comme deux de mes doigts. Il les a fendues à un bout et en a retiré la moitié ; il a ainsi obtenu une tige plate avec un morceau carré à un bout. Puis, à l'aide d'une gouge, il a creusé un canal dans la partie carrée. Avec son couteau, il a ensuite raboté le bois jusqu'à ce qu'il ne soit plus qu'une fine carapace autour du trou rond. Il a creusé avec son couteau la partie plate de la baguette jusqu'à en faire un auget.

« Il en a fabriqué des douzaines, ainsi que dix baquets. Tout était prêt pour le moment où le temps commencerait à se réchauffer et la sève à circuler dans les arbres.

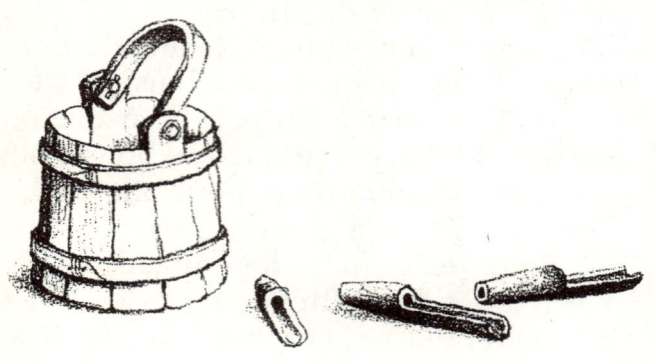

« Alors, il est allé dans les bois d'érables et il a vrillé un trou dans chaque arbre. Il a enfoncé le bout rond des augets dans chaque trou avec un marteau et placé un seau sur le sol en dessous de la partie plate des augets.

« Vous savez que la sève, c'est le sang de l'arbre. Au printemps, elle monte des racines jusqu'au bout de la moindre branche ou brindille pour faire pousser les feuilles vertes.

« Eh bien, quand la sève de l'érable est arrivée au trou dans l'arbre, elle s'est échappée le long du petit auget et a coulé dans le baquet.

— Oh, mais est-ce que ça n'a pas fait mal à ce pauvre arbre ? demanda Laura.
— Pas plus que toi quand tu te piques le doigt et qu'il saigne, dit Papa.

« Chaque jour, Grand-Père enfile ses grandes bottes, son manteau chaud et sa toque de fourrure, et il va dans les bois enneigés récolter la sève. Il met un tonneau sur le traîneau, et va d'un arbre à l'autre en vidant la sève des baquets dans le tonneau. Puis il transporte ce tonneau jusqu'à la grande marmite en fonte qui est accrochée par une chaîne à une poutre entre deux arbres.

« Il vide la sève dans la marmite. On fait un grand feu en dessous, et la sève bout. Grand-Père surveille attentivement. Le feu ne doit pas être trop fort, car la sève ne doit pas déborder.

« Il faut écumer la sève régulièrement. Grand-Père se sert d'une louche en bois de tilleul à long manche. Quand la sève devient trop chaude, Grand-Père soulève des louches pleines bien haut et les verse lentement dans la marmite. Cela refroidit un peu le sirop et l'empêche de bouillir trop fort.

« Quand la sève a suffisamment bouilli, il remplit les baquets de ce sirop. Après quoi, il laisse bouillir la sève qui reste jusqu'à ce qu'elle devienne granuleuse quand il la verse dans une assiette.

« Alors Grand-Père, aussi vite qu'il peut, verse des louches de sirop épais dans des pots qui sont tout prêts. Et, dans ces pots à lait, le sirop se transforme en pains de sucre d'érable, durs et bruns.

— C'est parce que Grand-Père fait du

sucre qu'on dit la neige de sucre ? demanda Laura.

– Non, répondit Papa. On l'appelle la neige de sucre parce que, s'il tombe de la neige à cette époque de l'année, cela signifie que les hommes pourront faire plus de sucre. Vous voyez, ce petit coup

de froid et la neige vont empêcher les feuilles de sortir, et la sève pourra couler pendant plus longtemps. Si bien que Grand-Père pourra faire assez de sirop d'érable pour une année entière. Et lorsqu'il ira porter ses fourrures en ville, il n'aura pas besoin de les échanger contre du sucre du magasin. Il en prendra seulement un petit peu pour mettre sur la table quand il aura des invités.
— Grand-Père doit être content quand il y a la neige de sucre, dit Laura.
— Oui, acquiesça Papa. Très content. Il va faire encore du sucre lundi prochain et il a dit que nous devions tous venir.

Les yeux de Papa pétillaient. Il avait gardé le meilleur pour la fin et il dit à Maman :
— Et, Caroline, on dansera !

Maman sourit. Elle avait l'air ravie, et elle posa un instant son raccommodage.
— Oh, Charles ! dit-elle.

Puis elle reprit son travail, mais elle continuait à sourire. Elle déclara :
— Je mettrai ma robe en mousseline de laine.

La robe en mousseline de laine de Maman était très belle. Elle était vert foncé, avec un petit dessin qui ressemblait à des fraises mûres. Un couturier l'avait faite dans l'Est, là où Maman habitait avant son mariage, et d'où ils étaient partis pour aller s'installer dans les Grands Bois du Wisconsin. Maman avait été très à la mode avant d'épouser Papa, et c'est un couturier qui avait fait tous ses vêtements.

La robe de mousseline de laine était rangée, enveloppée dans du papier. Laura et Marie n'avaient jamais vu Maman la porter, mais elle la leur avait montrée une fois. Elle leur avait laissé toucher les magnifiques boutons rouge foncé qui fermaient la basque, et elle leur avait montré comment les os de baleine étaient soigneusement maintenus dans les coutures, avec des centaines de petits points croisés.

Une danse devait être quelque chose de très important pour que Maman mette sa belle robe de mousseline de laine. Laura et Marie étaient tout excitées. Elles sautèrent sur les genoux de Papa et posèrent des questions à propos de la danse jusqu'à ce qu'il dise enfin :

— Maintenant, au lit, les filles. Vous saurez ce qu'est une danse quand vous l'aurez vue. Je dois fixer une nouvelle corde sur mon violon.

Il fallut se débarbouiller les doigts et la bouche qui étaient tout poisseux. Puis dire les prières.

Quand Laura et Marie furent douillettement installées dans leur lit à roulettes, Papa et son violon chantaient déjà tous les deux, tandis qu'il battait la mesure sur le sol avec son pied.

Je suis le capitaine Jinks de la Cavalerie,
Je fais manger du maïs et des haricots à mes chevaux,
Et souvent, je dépense beaucoup trop,
Car je suis le capitaine Jinks de la Cavalerie,
Je suis capitaine dans l'armée !

8. La danse
chez Grand-Père

Le lundi matin, tout le monde se leva de bonne heure, pressé de se mettre en route pour aller chez Grand-Père. Papa voulait l'aider à récolter et à faire bouillir la sève. Maman aiderait Grand-Mère et les tantes à cuisiner pour les invités qui devaient venir à la danse.

On prit le petit déjeuner, on lava la vaisselle et on fit les lits à la lumière de la lampe. Papa rangea soigneusement la boîte de son violon dans le traîneau qui attendait déjà à la barrière.

L'air était glacé et la lumière grise quand Laura, Marie, Maman et Bébé Carrie s'installèrent douillettement sous les fourrures au fond du traîneau tapissé de paille.

Les chevaux secouèrent la tête et piaffèrent, faisant sonner joyeusement leurs clochettes, et ils partirent sur le chemin qui traversait les Grands Bois vers la maison de Grand-Père.

La neige était mouillée et molle, et le traîneau glissait rapidement, tandis que les grands arbres défilaient de chaque côté.

Bientôt, le soleil apparut et l'air se mit à briller. Les longs rayons de lumière jaune passaient entre les troncs d'arbres et la neige était comme rosée. Les ombres étaient fines et bleues et chaque petite trace dans la neige, chaque petite courbure avait une ombre.

Papa montrait à Laura les empreintes des animaux sauvages au bord du chemin. Les traces des lapins de garenne bondissants, celles, minuscules, des souris des champs, et celles, légères, des oiseaux des neiges. Là où les renards avaient couru, les empreintes étaient plus grandes, comme celles de chiens, et puis on voyait aussi celles d'un cerf qui s'était sauvé par bonds dans les bois.

L'air se réchauffait déjà, Papa dit que la neige ne tiendrait pas longtemps.

Bientôt, ils arrivèrent dans la clairière où se trouvait la maison de Grand-Père. Grand-Mère apparut à la porte et, souriante, les invita à entrer.

Elle leur dit que Grand-Père et oncle George étaient déjà au travail dans les bois d'érables. Papa alla les rejoindre, tandis que Laura, Marie, et Maman, avec Bébé Carrie dans les bras, pénétraient dans la maison de Grand-Mère et enlevaient leurs vêtements.

Laura aimait beaucoup la maison de Grand-Mère. Elle était bien plus vaste que la leur. Il y avait une grande pièce, une petite pièce qui était pour l'oncle George, et une autre réservée à tante Docia et à tante Ruby, la cuisine, avec un énorme fourneau.

C'était très amusant de courir d'un bout à l'autre de la grande pièce, depuis la grande cheminée jusqu'au lit de Grand-Mère, sous la fenêtre. Grand-Père avait débité les lattes du plancher à la hache dans des bûches. Il était bien poli, bien lavé et bien blanc, et le large lit avait des édredons de plumes rebondis.

La journée passa très vite tandis que Laura et Marie jouaient dans la grande pièce, et que Maman aidait Grand-Mère et les tantes à la cuisine. Les hommes avaient emporté leur repas, si bien qu'elles n'eurent pas besoin de mettre le couvert, mais déjeunèrent de sandwichs froids de gibier et de lait. Pour le dîner, Grand-Mère fit une bouillie de maïs.

Debout devant le fourneau, elle laissait tomber en pluie la semoule jaune dans une marmite d'eau salée bouillante. Elle remuait tout le temps avec une grande cuillère en bois et continua à faire pleuvoir doucement la semoule jusqu'à ce que le contenu de la marmite ait une consistance épaisse et jaune qui faisait des bulles.

Puis elle posa la marmite sur un coin du fourneau pour que la bouillie cuise lentement.

Ça sentait bon. Toute la maison embaumait. Les odeurs sucrées et épicées de la cuisine se mêlaient à l'odeur des bûches de noyer qui brûlaient avec des flammes claires et brillantes dans la cheminée, et à celle de la pomme piquée de clous de girofle près du panier à couture de Grand-Mère. Le soleil traversait les carreaux étincelants et tout paraissait spacieux et propre.

Papa et Grand-Père rentrèrent pour le dîner. Ils portaient sur leurs épaules une palanche en bois fabriquée par Grand-Père. Elles étaient découpées pour s'ajuster derrière le cou, et creusées pour mouler les épaules. À chaque bout pendait une chaîne avec un crochet, et à chaque crochet était suspendu un baquet en bois plein de sirop d'érable chaud.

Papa et Grand-Père avaient ramené le sirop que contenait la marmite dans les bois. Ils maintenaient les baquets de la main pour les stabiliser.

Grand-Mère fit de la place sur le fourneau pour un énorme chaudron de cuivre. Papa et Grand-Père versèrent le sirop dans le chaudron qui était si profond qu'il put contenir le sirop des quatre baquets.

Oncle George arriva ensuite avec un plus petit baquet, et tout le monde mangea la bouillie de maïs chaude avec du sirop d'érable.

Oncle George était à la maison, de retour de l'armée. Il portait son uniforme bleu avec des boutons de cuivre, et il avait des yeux bleus et hardis. De haute taille, il avait de larges épaules et marchait d'un air important.

Laura le regardait, tout en mangeant, parce qu'elle avait entendu Papa et Maman dire qu'il était sauvage. « George est sauvage depuis qu'il est rentré de la guerre », avait dit Papa en secouant la tête, comme s'il en était navré mais qu'il n'y pouvait rien. Oncle George s'était enfui à quatorze ans pour être tambour dans l'armée. Laura n'avait jamais vu d'homme sauvage auparavant. Elle ne savait pas si elle était effrayée par oncle George ou non.

Quand le dîner fut terminé, oncle George sortit sur le pas de la porte et souffla haut et fort dans son clairon. Cela résonna joliment bien dans les Grands Bois sombres et silencieux. Les arbres se tenaient immobiles, comme s'ils écoutaient. Puis un son répondit dans le lointain, mince, clair et faible comme si un petit clairon donnait la réplique au grand.

— Écoute, dit l'oncle, n'est-ce pas joli ?

Laura ne dit rien, et quand l'oncle cessa de jouer, elle rentra en courant dans la maison.

Maman et Grand-Mère débarrassèrent la table, firent la vaisselle et balayèrent pendant que tante Docia et tante Ruby se faisaient belles dans leur chambre.

Laura s'assit sur leur lit et les regarda coiffer leurs longs cheveux et se tracer des raies avec application. Elles faisaient une raie qui partait du front jusqu'à la nuque, et une seconde d'une oreille à l'autre. Elles tressaient les cheveux de derrière et arrangeaient les tresses en un gros chignon.

Elles s'étaient lavé les mains et la figure avec du savon, dans une cuvette posée sur le banc de la cuisine. Elles n'avaient pas utilisé le savon brun foncé, doux et visqueux que Grand-Mère gardait dans un grand pot pour l'usage quotidien, mais un savon acheté au magasin.

Elles s'affairèrent longuement avec leurs mèches de devant. Elles tenaient la lampe à la hauteur de leur visage, examinant l'effet de leur coiffure dans le petit miroir accroché à la paroi de rondins. Elles avaient tellement brossé et lissé leurs cheveux de chaque côté de la raie droite et blanche, qu'ils brillaient comme de la soie. Les petits bandeaux gonflés de chaque côté brillaient aussi, et leurs bouts étaient torsadés et soigneusement enroulés sous le gros chignon derrière la nuque.

Puis elles mirent leurs beaux bas blancs qu'elles avaient tricotés au point de dentelle avec du fil de coton très fin. Ensuite, elles boutonnèrent leurs plus belles chaussures. Elles s'aidèrent mutuellement à lacer leur corset. Tante Docia tira de toutes ses forces sur les lacets du corset de tante Ruby, puis elle

se cramponna au pied du lit pendant que tante Ruby tirait sur les siens.
— Tire, Ruby, tire ! disait tante Docia, la respiration coupée. Tire plus fort.

Alors tante Ruby s'arc-bouta et tira encore plus fort. Pendant ce temps, tante Docia ne cessait de mesurer sa taille avec ses mains, et enfin elle dit en suffoquant :
— Je pense que tu ne peux pas faire mieux. (Et elle ajouta :) Caroline raconte que Charles pouvait tenir sa taille entre ses mains quand ils se sont mariés.

Quand elle entendit cela, Laura se sentit toute fière.

Puis les tantes enfilèrent leurs jupons de flanelle, et leurs jupons ordinaires, et leurs jupons blancs amidonnés avec de la dentelle au bas des volants. Enfin, elles mirent leurs belles robes.

Celle de Docia était en imprimé bleu sombre avec des ramages de fleurs rouges et de feuilles vertes. La basque était fermée avec des boutons noirs qui ressemblaient tellement à de grosses mûres juteuses que Laura avait envie de les goûter.

Celle de tante Ruby était en calicot couleur de vin, toute couverte d'un dessin de plumes d'un rouge plus clair. Elle était fermée par des boutons dorés, et sur chaque bouton étaient gravés un petit château et un arbre.

Tante Docia avait un col blanc fixé avec un grand camée rond. Mais tante Ruby épingla le sien avec une rose rouge en cire à cacheter. Elle l'avait faite sur une aiguille à raccommoder dont le chas était cassé et qui ne pouvait plus servir.

Elles étaient bien jolies, glissant doucement sur le plancher avec leurs larges jupes rondes d'où émergeaient leurs tailles minuscules, leurs joues étaient roses et leurs yeux brillaient sous les ailes de leurs cheveux lisses et soyeux.

Maman, elle aussi, était très belle, dans sa robe de mousseline vert foncé, avec les petites feuilles éparpillées dessus qui ressemblaient à des fraises. La jupe était gonflée de volants, de fronces et de drapés qui étaient ornés de nœuds de ruban vert foncé, et elle avait une broche en or au creux de son corsage. La broche était plate, aussi longue et large que les deux plus grands doigts de Laura, et elle était toute gravée et festonnée sur les bords. Maman avait l'air si élégante que Laura avait peur de la toucher.

Les gens commençaient à arriver. Ils étaient venus à pied à travers les bois enneigés, avec des lanternes, ou dans des traîneaux ou des charrettes. Les clochettes des traîneaux tintaient sans arrêt.

La grande pièce se remplissait de bottes hautes et de jupes froufroutantes, et une quantité de bébés s'alignaient sur le lit de Grand-Mère. Oncle James et tante Libby Ingalls avaient amené leur petite fille qui s'appelait aussi Laura. Les deux Laura étaient penchées au-dessus du lit et regardaient les bébés, et l'autre Laura dit que son bébé était plus joli que Bébé Carrie.

— Ce n'est pas vrai ! dit Laura. Carrie est le plus joli bébé du monde.
— Non, ce n'est pas vrai, dit l'autre Laura.
— Si !
— Non !

Maman apparut, glissant dans sa belle robe de laine et dit sévèrement :
— Laura !

Si bien qu'aucune des deux Laura n'osa plus rien ajouter.

Oncle George soufflait dans son clairon. Cela résonnait avec force dans la pièce, et oncle George plaisantait, riait et dansait tout en soufflant. Alors, Papa sortit son violon de sa boîte et

commença à jouer. Et tous les couples se rangèrent en quadrilles sur le parquet et se mirent à danser quand Papa appela les figures.
— Grand cercle, droite et gauche ! cria-t-il, et les jupes commencèrent à virevolter et les bottes à frapper le plancher. Les cercles se faisaient en tournant, tournant, et les jupes allaient d'un côté et les bottes de l'autre, et les mains se rejoignaient et se séparaient haut dans les airs.
— Changez de partenaire ! cria Papa. Chaque cavalier salue sa cavalière de gauche !

Et ils faisaient tout ce que Papa disait. Laura suivait les mouvements de la jupe de Maman et sa petite taille qui se penchait, et sa tête brune qui saluait, et elle pensait que Maman était la plus jolie danseuse au monde. Le violon chantait :

> *Ô vous, filles de Buffalo,*
> *Viendrez-vous cette nuit,*
> *Viendrez-vous cette nuit,*
> *Viendrez-vous cette nuit,*
> *Ô vous, filles de Buffalo,*
> *Viendrez-vous cette nuit,*
> *Pour danser au clair de lune ?*

Les petits cercles et les grands tournaient, tournaient, et les jupes tourbillonnaient et les bottes piétinaient et les partenaires se saluaient, se séparaient, se rencontraient et se saluaient à nouveau.

Dans la cuisine, Grand-Mère était toute seule, en train de remuer le sirop bouillant dans le grand chaudron de cuivre. Elle remuait en mesure avec la musique. Près de la porte du fond, il y avait un seau de neige fraîche, et Grand-Mère prenait de temps en temps une louche de sirop dans le chaudron et en versait un peu sur la neige dans une assiette.

Laura regardait les danseurs. Papa jouait maintenant *La laveuse irlandaise.*

*Voyez un peu, mesdames, voyez,
pesez sur votre talon
et sur la pointe de votre pied !*

Laura ne pouvait pas tenir ses pieds en place. Oncle George la vit et se mit à rire. Puis il l'attrapa par la main et fit une petite danse avec elle dans un coin. Elle aimait bien oncle George.

Tout le monde riait, près de la porte de la cuisine. Ils étaient en train d'essayer de faire sortir Grand-Mère de là. La robe de Grand-Mère était très belle, elle aussi ; en calicot bleu foncé parsemé de feuilles couleur

d'automne. Elle riait tellement que ses joues en étaient toutes roses et elle secouait la tête. Elle tenait la cuillère en bois.
— Je ne peux pas laisser mon sirop, disait-elle.

Mais Papa entama *Le voyageur d'Arkansas* et tout le monde frappa dans ses mains en mesure. Alors Grand-Mère salua et fit quelques pas toute seule. Elle pouvait danser aussi bien que les autres. Le bruit des mains était si fort qu'on entendait à peine le violon de Papa.

Soudain, l'oncle George s'inclina devant Grand-Mère, et entama une gigue. Grand-Mère lança à quelqu'un sa cuillère. Les mains sur les hanches, elle fit face à l'oncle George, et les invités se mirent à crier. Grand-Mère dansait la gigue.

Le violon chantait comme il n'avait jamais chanté auparavant. Les yeux de Grand-Mère étaient vifs et ses joues rouges. Ses talons claquaient sous ses jupes aussi vite que les bottes de l'oncle George.

Tout le monde était excité. Le violon ne s'arrêtait pas. L'oncle George commençait à s'essouffler, et il essuyait la sueur sur son front. Les yeux de Grand-Mère pétillaient.

Quelqu'un cria :
— Elle est imbattable, tu sais, George !

L'oncle George accéléra le rythme. Il dansait deux fois plus vite qu'au début. Et Grand-Mère en faisait autant. Les femmes riaient en applaudissant et les hommes taquinaient l'oncle George. George ne se vexait pas, mais il n'avait plus assez de souffle pour rire. Il dansait la gigue, et c'était tout.

Les yeux bleus de Papa étincelaient. Il se tenait debout, et son archet courait sur les cordes du violon. Laura sautait et poussait des cris perçants.

Grand-Mère dansait toujours, en souriant, les mains sur les hanches, le menton levé. George dansait toujours, mais ses bottes ne claquaient plus aussi fort qu'au début. Les talons de Grand-Mère faisaient au contraire un bruit léger de claquettes. Une goutte de sueur glissait sur le front de l'oncle George et sur sa joue.

Tout d'un coup, il leva les bras et dit en suffoquant : « Je suis battu ! », et il s'arrêta.

Il s'ensuivit un terrible vacarme, chacun criant, trépignant et félicitant Grand-Mère. Grand-Mère continua encore de danser pendant une petite minute, puis elle s'arrêta elle aussi. Elle riait en haletant. Ses yeux brillaient comme ceux de Papa. George riait aussi, en s'essuyant le front avec sa manche.

Soudain, Grand-Mère fit volte-face et courut dans la cuisine. Le violon avait cessé de jouer. Toutes les femmes parlaient en même temps, mais le silence tomba quand ils virent l'air de Grand-Mère sur le seuil de la cuisine. Elle dit :
— Le sirop est en train de prendre. Venez et servez-vous.

Alors tout le monde se remit à parler et à rire. Ils se précipitèrent dans la cuisine pour y prendre des assiettes, puis dehors pour les remplir de neige. La porte de la cuisine était ouverte et l'air froid entrait dans la pièce.

Les étoiles semblaient glacées dans le ciel et l'air piquait les joues et le nez de Laura. Son haleine était comme de la fumée.

Avec l'autre Laura et les autres enfants, elle remplit son assiette de neige propre. Puis ils rentrèrent dans la cuisine encombrée.

Grand-Mère se tenait devant le chaudron de cuivre et versait du sirop chaud dans chaque assiette avec une grande cuillère en bois. En refroidissant, cela faisait du caramel mou que les enfants mangeaient au fur et à mesure qu'il refroidissait.

Ils pouvaient en manger autant qu'ils voulaient, car le sucre d'érable n'a jamais fait de mal à personne. Il y avait beaucoup de sirop dans le chaudron, et beaucoup de neige dehors. Dès que leur assiette était vide, ils allaient la remplir à nouveau.

Quand ils furent rassasiés de caramel d'érable, les invités allèrent à la grande table se servir de tartes à la citrouille et aux baies séchées, de biscuits et de cakes. Il y avait aussi du pain au levain, du porc froid et des cornichons. Oh ! comme ils étaient acides, ces cornichons !

Ils mangèrent jusqu'à ce qu'ils ne puissent plus rien avaler, et alors, ils se remirent à danser. Mais Grand-Mère surveillait toujours le sirop dans le chaudron. De temps à autre, elle en mettait un peu sur une soucoupe et le remuait. Puis elle hochait la tête et le reversait dans le chaudron.

La grande pièce était bruyante et gaie. Le son du violon était couvert par le tapage des danseurs.

Soudain, le sirop se sépara en petits grains dans la soucoupe, tels des grains de sable, et Grand-Mère s'écria :
— Vite, les filles, le sirop est au grand cassé !

Tante Ruby, tante Docia et Maman accoururent. Elles préparèrent des casseroles, des petites et des grandes. Aussitôt que Grand-Mère les avait remplies de sirop, elles en sortaient d'autres. Puis elles rangèrent dehors celles qui avaient été remplies, afin que le sirop devienne du sucre en refroidissant.

Enfin, Grand-Mère ordonna :
— Maintenant, apportez les petits moules à gâteaux pour les enfants.

Il y eut un moule ou au moins une petite assiette ou une tasse ébréchée pour chacun d'eux. Ils regardaient Grand-Mère avec anxiété pendant qu'elle vidait le chaudron avec sa louche. Peut-être n'y en aurait-il pas assez et quelqu'un serait-il obligé d'y renoncer sans réclamer.

Il y eut assez de sirop pour faire le tour des enfants. Les dernières raclures au fond du chaudron de cuivre remplirent tout juste le dernier moule. Personne ne fut oublié.

Le violon et les danses continuaient toujours. Les deux Laura observaient les danseurs, assises sur le sol dans un coin. C'était si joli de les voir, et la musique était si gaie que Laura savait qu'elle ne pourrait jamais s'en lasser.

Lorsque Laura se réveilla, elle était allongée en travers, au pied du lit de Grand-Mère. C'était le matin. Maman, Grand-Mère et Bébé Carrie étaient dans le lit. Papa et Grand-Père dormaient enroulés dans des couvertures par terre, devant le foyer. Marie dormait avec tante Docia et tante Ruby.

Bientôt tout le monde se leva. Il y eut des crêpes avec du sirop d'érable pour le petit déjeuner. Puis Papa alla chercher les chevaux et le traîneau, qu'il amena devant la porte.

Il aida Maman et Carrie à monter, pendant que Grand-Mère prenait Marie et l'oncle George Laura, et qu'ils les basculaient toutes les deux par-dessus le bord du traîneau, sur la paille. Papa borda les couvertures au-dessus d'elles, et Grand-Père, Grand-Mère et l'oncle George se tinrent là à lancer des « au revoir, au revoir » qu'ils entendaient encore tandis qu'ils prenaient le chemin du retour à travers les Grands Bois.

Le soleil était chaud et, en trottant, les chevaux faisaient s'éparpiller la neige boueuse avec leurs sabots dont Laura pouvait voir les empreintes derrière le traîneau.
— D'ici la nuit, dit Papa, c'en sera fini de la neige de sucre.

9. En ville

Quand la neige de sucre eut disparu, ce fut le printemps. Les oiseaux chantaient dans les coudriers le long de la barrière tordue. L'herbe verte avait repoussé et les bois étaient pleins de fleurs sauvages. On trouvait partout des boutons-d'or, des violettes, des clochettes et de ces petites herbes qui portent de minuscules fleurs en forme d'étoiles.

Dès que les journées furent assez chaudes, Laura et Marie supplièrent qu'on leur permît de marcher pieds nus. Au début, elles ne purent aller que jusqu'au tas de bois et revenir. Le jour suivant, elles allèrent plus loin, et bientôt, les chaussures furent graissées et rangées, et les fillettes couraient pieds nus toute la journée.

Chaque soir, elles devaient se laver les pieds avant de se coucher. Leurs chevilles et leurs pieds étaient aussi bruns que leur visage.

Elles avaient chacune leur maison pour jouer sous les deux grands chênes. Celle de Marie était sous l'arbre de Marie, et celle de Laura sous l'arbre de Laura. L'herbe douce leur faisait un tapis vert. Les feuilles formaient le toit à travers lequel elles pouvaient apercevoir des coins de ciel bleu.

Papa fit une balançoire avec une écorce solide et la suspendit à une branche de l'arbre de Laura. C'était sa balançoire à elle, parce que c'était son arbre, mais il ne fallait pas qu'elle soit égoïste et elle devait laisser Marie se balancer quand elle en avait envie.

Marie avait une soucoupe ébréchée pour jouer, et Laura une superbe tasse à laquelle il ne manquait qu'un seul gros morceau. Charlotte et Nettie, et

les deux petits bons-
hommes en bois
que Papa avait
sculptés, vivaient
avec elles dans
leurs maisons.
Les fillettes fabri-
quaient tous les
jours de nou-
veaux cha-
peaux de
feuilles pour
leurs pou-
pées, et des
tasses de feuilles et
des soucoupes pour mettre sur la
grosse pierre lisse qui leur servait de
table.

Les vaches Sukey et Rosie étaient
maintenant en liberté dans les bois, où
elles broutaient de l'herbe et de jeunes
pousses juteuses. Il y avait deux tout
petits veaux dans la cour et sept porce-
lets avec leur mère dans l'enclos à
cochons.

Papa labourait et semait autour des
souches d'arbres dans la clairière qu'il
avait dégagée l'année dernière. En reve-

nant de son travail, un soir, il dit à ses filles :
— Devinez ce que j'ai vu aujourd'hui ?
Elles ne pouvaient pas deviner.
— Eh bien, j'étais en train de travailler dans la clairière ce matin, j'ai levé la tête, et là, à la lisière du bois, j'ai vu une biche, une femelle cerf. Et vous ne devinerez jamais qui était avec elle !
— Un bébé cerf ! firent Laura et Marie en battant des mains.
— Oui, dit Papa. Elle avait son faon avec elle. C'était une petite chose adorable, de la plus douce couleur, avec de grands yeux noirs. Il avait des pieds minuscules, pas plus gros que mon pouce, des pattes minces, et le museau le plus velouté. Il me regardait, se demandant qui j'étais. Il n'avait pas peur du tout.
— Tu ne tirerais pas sur un petit bébé cerf, dis, Papa ? interrogea Laura.
— Non, jamais ! répondit-il. Ni sur sa mère ni sur son père. Plus de chasse maintenant, jusqu'à ce que les petits animaux sauvages soient devenus grands. Il faudra nous passer de viande fraîche jusqu'à l'automne.

Papa ajouta que, dès qu'il aurait fini les semailles, toute la famille irait en ville. Laura et Marie étaient assez grandes à présent pour accompagner leurs parents.

Elles étaient très excitées, et le jour suivant, elles essayèrent de jouer à aller à la ville. Mais elles ignoraient de quoi une ville avait l'air. Elles savaient qu'il y avait un magasin, mais n'en avaient jamais vu.

Charlotte et Nettie demandèrent si elles pourraient venir avec elles. Mais Laura et Marie répondirent chaque fois :
— Non, chéries, pas cette année. Peut-être l'année prochaine, si vous êtes sages.

Puis un soir, Papa annonça :
— Demain, nous irons en ville.

Ce soir-là, bien que ce fût le milieu de la semaine, Maman donna un grand bain à Laura et à Marie, et arrangea leurs cheveux. Elle les divisa en longues mèches, peigna chacune d'elles avec un peigne mouillé, et les enroula bien serrées dans un morceau de tissu. Elles sentaient des petites bosses dans tous

165

les sens sur leur tête lorsqu'elles se tournaient sur l'oreiller. Mais le lendemain matin, leurs cheveux seraient bouclés.

Elles étaient dans une telle excitation qu'elles ne s'endormirent pas tout de suite. Maman était assise comme d'habitude avec sa corbeille à raccommodage. Elle s'occupa ensuite de tout préparer pour le petit déjeuner, et de sortir les plus beaux bas, jupons et robes, la belle chemise de Papa, et sa robe en calicot brun foncé avec les petites fleurs rouges.

Les journées étaient plus longues maintenant. Et Maman éteignit la lampe avant qu'on eût terminé le petit déjeuner. C'était un merveilleux et clair matin de printemps.

Maman pressa Laura et Marie et fit rapidement la vaisselle. Elles enfilèrent leurs bas et leurs chaussures pendant que leur mère faisait les lits. Puis elle les aida à enfiler leurs robes, celle en calicot bleu de Chine de Marie, et celle en calicot rouge foncé de Laura. Marie boutonna la robe de Laura dans le dos et Maman boutonna celle de Marie.

Maman enleva les petits morceaux de tissu de leurs cheveux, et coiffa les longues boucles rondes qui pendaient sur leurs épaules. Elle peignait si vite que les nœuds faisaient terriblement mal. Les cheveux de Marie étaient d'un doré merveilleux, mais ceux de Laura étaient d'un brun terre.

Quand elle eut fini d'arranger leurs boucles, Maman noua leur bonnet sous leur menton. Elle fixa son col avec sa broche en or, et elle était en train de mettre son chapeau lorsque Papa amena l'attelage devant la barrière.

Il avait étrillé les chevaux jusqu'à ce qu'ils brillent. Il avait balayé l'intérieur de la charrette et disposé une couverture propre sur le siège. Maman s'assit près de Papa, avec Bébé Carrie dans les bras, et Laura et Marie prirent place sur une planche fixée en travers de la charrette, derrière le siège.

Ils étaient heureux en parcourant les bois printaniers. Les secousses faisaient rire Carrie, Maman souriait, Papa sifflait en conduisant. Le soleil était chaud. Des odeurs douces et fraîches s'échappaient des bois touffus.

Des lapins se tenaient au bord du chemin, leurs petites pattes de devant pendantes, et leur nez reniflant l'air, et la lumière brillait à travers leurs oreilles frémissantes. Puis ils s'enfuyaient d'un bond avec un éclair de petite queue blanche. Laura et Marie aperçurent deux fois des cerfs qui les fixaient de leurs yeux sombres entre les arbres.

Il y avait douze kilomètres jusqu'à la ville de Pépin, qui se trouvait au bord du lac du même nom.

Au bout d'un temps assez long, Laura commença à entrevoir de l'eau bleue à travers les arbres. La terre du chemin était devenue meuble. Les roues de la charrette s'enfonçaient. Les chevaux tiraient et transpiraient et Papa, de temps à autre, les laissait se reposer quelques instants.

Puis tout d'un coup, ils sortirent des bois et Laura aperçut le lac. Il était aussi bleu que le ciel et s'étendait jusqu'à l'horizon, où le ciel et l'eau se rencontraient en une ligne d'un bleu plus foncé.

Au-dessus de leurs têtes, le ciel était

immense. Laura n'avait jamais pensé qu'il fût aussi grand. Il y avait tant d'espace vide autour d'elle qu'elle se sentait toute petite et effrayée, et contente que ses parents soient là.

Le soleil était très chaud. Il était presque à la verticale, et les bois frais étaient loin des bords du lac. Même les Grands Bois semblaient petits sous tant de ciel.

Papa arrêta les chevaux, et se retourna sur son siège. Il pointa son fouet devant lui.

— Nous y voilà, Laura et Marie ! Voici la ville de Pépin.

Laura se dressa sur la planche, et Papa la tint par le bras pour qu'elle ne tombe pas et puisse voir la ville. Elle en eut le souffle coupé. Elle comprit ce qu'avait ressenti Yankee Doodle quand il n'avait pas pu voir la ville parce qu'il y avait trop de maisons.

Tout près du lac s'élevait une grande bâtisse. « C'est le magasin », leur dit Papa. Il n'était pas construit en rondins, mais fait de haut en bas de larges planches grises. Il y avait du sable tout autour.

Derrière se trouvait une clairière, plus large que celle de Papa et avec plus de maisons que Laura n'en pouvait compter.

Laura n'avait jamais imaginé tant de maisons, et si proches les unes des autres. Naturellement, elles étaient plus petites que le magasin. Elles aussi étaient en planches grises ; mais une était en planches neuves qui avaient la couleur jaune du bois fraîchement coupé.

De la fumée s'échappait des cheminées. Bien qu'on ne fût pas lundi, une femme avait étendu sa lessive sur les buissons près de sa maison.

Des garçons et des filles jouaient au soleil dans un espace découvert. Ils sautaient d'un tronc à l'autre et criaient.
— Et voilà Pépin, dit Papa.

Laura hocha seulement la tête. Elle regardait, regardait, et ne pouvait dire mot. Au bout d'un moment, elle finit par

se rasseoir, et les chevaux repartirent.
 Ils laissèrent la charrette au bord du lac. Papa détela les chevaux et les attacha de chaque côté de la voiture. Puis il prit Laura et Marie par la main ; Maman portait Bébé Carrie. Ils marchèrent jusqu'au magasin. Le sable chaud passait par-dessus les souliers de Laura.

Il y avait une large plate-forme devant le magasin, où l'on accédait par des marches sur le côté. Laura tremblait des pieds à la tête.

C'était là que Papa venait échanger ses fourrures. Quand ils entrèrent, le marchand le reconnut. Il sortit de derrière son comptoir, et se mit à lui parler, ainsi qu'à Maman, et ensuite, Laura et Marie durent montrer leurs bonnes manières.

Marie dit :
— Bonjour, monsieur.

Mais Laura ne put prononcer une parole.

Le marchand dit à Papa et à Maman :
— Vous avez là une bien jolie petite fille, et il admira les boucles dorées de Marie.

Mais il ne fit aucune remarque au sujet de Laura ou de ses boucles.

Le magasin était plein de choses à regarder. Tout le long d'un côté, il y avait des rayonnages remplis de tissus imprimés et de calicots de toutes les couleurs avec des roses, des bleus, des rouges, des bruns et des violets magnifiques. Par terre, contre les comptoirs en planches, il y avait des barils de clous, de grenaille de plomb ronde et grise, et de grands seaux remplis de bonbons. Il y avait aussi des sacs de sel et des sacs de sucre.

Au milieu du magasin trônait une charrue en bois brillant, avec un soc étincelant ; il y avait aussi des haches en acier, des têtes de marteau, des scies et toutes sortes de couteaux : des couteaux de chasse, des couteaux à dépecer, des couteaux de boucher, des canifs. Il y avait de grandes et de petites bottes, de grandes et de petites chaussures.

Laura aurait pu regarder pendant des semaines sans avoir fait le tour de tout ce qui se trouvait dans le magasin. Elle n'aurait jamais cru qu'il puisse exister tant de choses au monde.

Papa et Maman mirent longtemps à faire leurs achats. Le marchand descendit des pièces et des pièces de superbes tissus et les étala afin que Maman puisse les palper et en voir le prix. Laura et Marie ne devaient pas toucher. Chaque nouvelle couleur et chaque nouveau dessin étaient plus beaux que les précédents, et il y en avait tellement ! Laura se demandait comment Maman faisait pour se décider.

Maman choisit deux calicots différents pour les chemises de Papa, et une cotonnade marron pour un gilet ; ainsi que du tissu blanc pour confectionner des draps et des dessous.

Papa prit une pièce de calicot suffisamment grande pour faire un tablier neuf à Maman. Celle-ci dit :
— Oh, non, Charles, je n'en ai pas vraiment besoin.
Mais il se mit à rire et lui répondit qu'elle devait l'accepter sans quoi il lui prendrait un morceau de ce rouge coq avec de grands dessins jaunes. Maman sourit en rougissant, et choisit un motif à boutons de roses et à feuilles sur un fond beige doux.

Puis Papa s'offrit une paire de bretelles et du tabac. Et Maman acheta une livre de thé et un petit paquet de sucre pour les invités. C'était du sucre brun clair, et non brun foncé comme le sucre d'érable que l'on employait tous les jours.

Au moment de quitter le magasin, le marchand donna un bonbon à Marie et à Laura. Elles étaient tellement étonnées et ravies qu'elles restaient là, à regarder leur bonbon. Puis Marie se souvint qu'il fallait dire « merci ».

Laura ne pouvait pas parler. Tout le monde attendait, mais elle n'arrivait pas à émettre le moindre son. Maman dut lui demander alors :

— Qu'est-ce qu'on dit, Laura ?

Alors Laura ouvrit la bouche, avala sa salive et murmura :
— Merci.

Après quoi, ils sortirent du magasin. Chacun des deux bonbons était blanc, plat et mince, en forme de cœur. Quelque chose était imprimé dessus en lettres rouges. Maman le leur lut. Sur celui de Marie, il y avait :

> *Les roses sont rouges,*
> *Les violettes bleues,*
> *Le sucre est doux,*
> *Tout comme vous.*

Et sur celui de Laura, il y avait seulement :

> *Des douceurs pour les doux.*

Les bonbons avaient exactement la même taille. Mais les lettres sur celui de Laura étaient plus grandes que sur celui de Marie.

Ils regagnèrent la charrette au bord du lac. Papa donna aux chevaux de l'avoine qu'il déposa au fond de la charrette. Maman ouvrit le panier de pique-nique. Ils s'assirent sur le sable tiède, et mangèrent le pain beurré et le fromage, les œufs durs et les biscuits. Les vagues du lac roulaient à leurs pieds et se retiraient avec un léger chuintement.

Après le repas, Papa retourna au magasin pour bavarder un peu avec les autres hommes. Maman resta tranquillement assise avec Bébé Carrie dans ses bras pour l'endormir. Mais Laura et Marie s'en allèrent courir le long du rivage et ramasser de jolis galets polis.

Il n'y avait pas de cailloux comme cela dans les Grands Bois.

Lorsqu'elle en trouvait un joli, Laura le mettait dans sa poche, et il y en avait tant que sa poche fut bientôt pleine. Puis Papa les appela et elles revinrent à la charrette, car il était temps de rentrer à la maison.

Lorsque Papa souleva Laura et la déposa dans la charrette, il arriva une chose terrible.

Les lourds cailloux arrachèrent la poche de sa robe et tombèrent sur le plancher.

Laura se mit à pleurer, parce qu'elle avait déchiré sa plus belle robe.

Maman donna Carrie à Papa et vint voir la déchirure. Elle dit que ce n'était pas grave.
— Ne pleure pas, Laura. Je pourrai la réparer.

Elle montra à Laura que la poche était un petit sac cousu dans la couture de la jupe et pendait par en dessous.

Seules les coutures avaient lâché. Maman pouvait les refaire et la robe serait comme neuve.
— Ramasse tes jolis cailloux, Laura, dit Maman. Et la prochaine fois, ne sois pas aussi gourmande.

Alors Laura rassembla ses cailloux dans sa poche qu'elle tint sur ses genoux. Elle n'était pas vexée que Papa ait ri parce qu'elle avait voulu en prendre plus qu'elle ne pouvait en emporter.

Des incidents comme celui-ci n'arrivaient jamais à Marie. C'était une petite fille qui restait toujours propre et nette, et qui avait toujours de bonnes manières. Marie avait de jolies boucles dorées, et son bonbon avait un poème écrit dessus. Assise sur la planche à côté de Laura, elle avait l'air sage et douce dans sa robe qui n'était même pas fripée. Laura se disait que ce n'était pas juste.

Mais la journée avait été merveilleuse, une des plus merveilleuses de sa vie. Elle pensait au si beau lac, à la ville, et à ce grand magasin rempli de tant de choses. Elle tenait avec soin ses cailloux et son cœur en bonbon enveloppé dans son mouchoir en attendant d'arriver à la maison pour le ranger et le garder toujours. Il était trop beau pour être mangé.

La charrette tressautait à travers les Grands Bois. Le soleil se coucha et les bois devinrent plus sombres. Mais avant que la nuit ne soit tout à fait tombée, la lune se leva, projetant des taches de lumière et d'ombre sur la route, devant eux. Et ils se sentaient en sécurité, car Papa avait son fusil.

Les sabots des chevaux faisaient un joyeux clip-clap, clip-clap.

Laura et Marie ne disaient rien parce qu'elles étaient fatiguées, et Bébé Carrie dormait dans les bras de Maman. Mais Papa chantait doucement :

Entre les plaisirs et les palais que nous traversons,
Si humble soit-elle, rien n'est plus doux que d'être dans sa maison.

10. L'été

Maintenant, c'était l'été, et des gens venaient leur rendre visite. Parfois, l'oncle Henry, ou l'oncle George, ou Grand-Père débouchait des Grands Bois. Maman sortait sur le pas de la porte, demandait des nouvelles des parents, et disait :
— Charles est dans la clairière.

Puis elle préparait davantage à manger et le repas était plus long. Papa et Maman restaient à bavarder un peu avec leur visiteur avant de retourner au travail.

Parfois, Maman permettait à Laura et à Marie d'aller voir Mme Peterson au bas de la colline. Les Peterson venaient de s'installer. Leur maison était neuve et toujours très propre, car Mme Peterson n'avait pas de petites filles pour mettre du désordre. Elle était suédoise et elle laissait Laura et Marie regarder toutes les jolies choses qu'elle avait apportées de Suède – des dentelles, des broderies de couleur et de la porcelaine. Elle leur parlait en suédois, elles lui répondaient en anglais, et elles se comprenaient très bien. Quand Laura et Marie partaient, elle leur donnait toujours un biscuit à chacune, dont elles grignotaient lentement la moitié sur le chemin du retour, gardant l'autre moitié pour Bébé Carrie.

Ainsi, Carrie avait deux moitiés de biscuit, ce qui lui faisait un biscuit entier.

Ce n'était pas juste. Tout ce qu'elles voulaient, c'était partager équitablement avec Carrie. Pourtant, si Marie gardait une moitié pendant que Laura mangeait tout le sien, ou si Laura gardait une moitié et Marie mangeait tout le sien, ce n'aurait pas été juste non plus.

Elles ne savaient pas comment faire. Alors, elles gardaient chacune une moitié et la donnaient à Bébé Carrie. Mais elles n'étaient pas satisfaites pour autant.

Parfois, un voisin prévenait que sa famille allait venir passer la journée. Alors, Maman faisait le ménage à fond, cuisinait des plats supplémentaires et ouvrait le paquet de sucre du magasin.

M. et Mme Huleatt venaient avec Eva et Clarence. Eva était une jolie petite fille aux yeux bruns et aux boucles sombres. Elle jouait tranquillement pour ne pas salir sa robe et ne pas la froisser. Cela plaisait à Marie, mais Laura préférait s'amuser avec Clarence.

Clarence était roux, avec des taches de rousseur, et il riait toujours. Il avait aussi de beaux habits. Il portait un costume bleu, boutonné jusqu'en haut sur le devant avec des boutons dorés, et orné d'un galon, et il avait des bottines avec un bout en cuivre.

Les bouts en cuivre étaient si brillants que Laura aurait bien aimé être un garçon. Les petites filles n'avaient pas de cuivre à leurs chaussures.

Laura et Clarence couraient, criaient et grimpaient aux arbres, tandis que Marie et Eva marchaient paisiblement ensemble en parlant. Maman et Mme Huleatt bavardaient en regardant le catalogue pour dames de Godey que Mme Huleatt avait acheté, pendant que Papa et M. Huleatt examinaient les chevaux, les plantations, et fumaient leur pipe.

Une fois, tante Lotty vint pour la journée. Ce matin-là, Laura dut se tenir longtemps tranquille, pendant que Maman défaisait ses papillotes en tissu et coiffait ses cheveux en longues boucles. Marie était prête, assise toute droite sur sa chaise, avec sa chevelure dorée et lustrée et sa robe bleu de Chine toute fraîche et pimpante.

Laura aimait bien sa robe rouge à elle. Mais Maman tirait tellement sur ses cheveux. Et puis ils étaient bruns au lieu d'être dorés, ce qui fait que personne ne les remarquait. Tout le monde admirait ceux de Marie.
— Voilà ! dit enfin Maman. Tes cheveux sont merveilleusement bouclés, et Lotty arrive. Courez à sa rencontre, toutes les deux, et demandez-lui ce qu'elle préfère, les boucles brunes ou les boucles blondes.

Laura et Marie sortirent en courant, car tante Lotty était déjà à la barrière. Elle était grande, beaucoup plus grande que Maman. Sa robe était d'un très beau rose, et elle balançait son bonnet rose par une bride.
— Qu'est-ce que vous préférez, tante Lotty, demanda Marie, les boucles brunes ou les boucles blondes ?

Laura attendait la réponse de tante Lotty avec inquiétude.
— Je préfère les deux, répondit tante Lotty en souriant.

Elle les prit chacune par une main, et elles marchèrent en dansant jusqu'à la porte où Maman les attendait.

Le soleil entrait à flots par les fenêtres dans la maison où tout paraissait net et joli. La table était recouverte d'une nappe rouge, et la cuisinière étincelait. Laura pouvait apercevoir, dans la chambre à coucher, le lit à roulettes à sa place sous le grand lit. La porte du garde-manger grande ouverte laissait voir les bonnes choses rangées sur les étagères. Black Susan descendait en ronronnant du grenier où elle avait fait sa sieste.

Tout était tellement agréable, et Laura se sentait si gaie et si bonne que personne n'aurait pu deviner qu'elle allait se conduire si mal dans la soirée.

Tante Lotty était partie maintenant, et Laura et Marie étaient fatiguées et énervées. Elles se trouvaient près du tas de bois, en train de ramasser des copeaux dans un seau pour allumer le feu du lendemain matin. Elles avaient toujours eu horreur de ce travail, qu'il fallait recommencer tous les jours. Ce soir-là, elles en avaient encore plus horreur que d'habitude.

Laura s'empara du plus gros copeau, et Marie dit alors :
— Ça m'est égal. De toute façon, tante Lotty préfère mes cheveux. Les cheveux blonds sont bien plus jolis que les cheveux bruns.

Laura eut brusquement un nœud dans la gorge et elle ne put rien répondre. Elle savait que les cheveux blonds étaient plus jolis que les bruns. Elle ne pouvait pas parler, alors, d'un geste rapide, elle donna une gifle à Marie.

Elle entendit Papa qui l'appelait :
— Viens ici, Laura.

Elle se dirigea lentement vers lui, en traînant les pieds. Son père était assis dans l'entrée près de la porte. Il l'avait vue gifler Marie.
— Souvenez-vous, les filles, dit-il, je vous ai répété que vous ne devez jamais lever la main l'une sur l'autre.

Laura commença :
— Mais Marie a dit...
— Ça ne change rien. C'est ce que j'ai dit qui compte.

Et il décrocha une lanière du mur et la corrigea.

Laura se réfugia dans un coin et sanglota. Quand elle eut fini de sangloter, elle bouda. La seule chose au monde dont elle pouvait se réjouir était de savoir que Marie avait dû remplir le seau de copeaux toute seule.

Enfin, alors qu'il commençait déjà à faire sombre, Papa l'appela encore une fois :

— Viens ici, Laura.

Sa voix était tendre et, quand Laura s'approcha, il la prit sur ses genoux et la serra contre lui. Elle se blottit dans le creux de son bras, la tête contre son épaule. La longue barbe brune de Papa lui couvrait presque les yeux, et tout était bien de nouveau.

Alors, elle raconta tout à Papa, et elle lui demanda :

— Tu ne préfères pas les cheveux blonds, dis ?

Les yeux bleus de Papa la regardaient en brillant, et il répondit :

— Mais, Laura, mes cheveux à moi sont bruns.

Elle n'avait pas pensé à cela. Les cheveux de Papa étaient bruns et sa barbe aussi, et elle trouvait que c'était une très jolie couleur. Mais elle était bien contente que Marie ait dû ramasser tous les copeaux.

Les soirs d'été, Papa ne racontait pas d'histoires et ne jouait pas de violon. Les jours d'été étaient longs, et il était fatigué après avoir durement travaillé toute la journée dans les champs.

Maman était très occupée, elle aussi. Laura et Marie l'aidaient à désherber le jardin et à nourrir les veaux et les poules. Elles ramassaient les œufs et faisaient le fromage avec elle.

Lorsque l'herbe était haute et épaisse dans les bois, et que les vaches avaient beaucoup de lait, c'était le moment de faire le fromage.

Il fallait que quelqu'un tue un veau, car on ne pouvait pas faire de fromage sans présure, et la présure se trouvait dans l'estomac des veaux. Ce veau devait être très jeune et n'avoir pas été sevré.

Laura craignait que Papa ne tue un de leurs veaux. Ils étaient si mignons. L'un était beige clair et l'autre roux, et leur poil était si doux et leurs grands yeux si interrogateurs. Le cœur de Laura battait bien fort quand Maman parlait à Papa de faire le fromage.

Mais Papa ne voulait tuer aucun des veaux, car c'étaient des génisses qui deviendraient des vaches en grandissant. Il alla chez Grand-Père et chez l'oncle Henry, et l'oncle Henry dit qu'il allait tuer un des siens. Il y aurait assez de présure pour tante Polly, pour Grand-Mère et pour Maman.

Papa revint avec un morceau de

l'estomac du veau. C'était comme un petit bout de cuir blanchâtre, doux et souple avec un côté tout ridé et rugueux.

Le soir, après la traite, Maman mit le lait à reposer dans une marmite. Le lendemain, elle l'écréma pour faire plus tard du beurre avec la crème. Puis, quand le lait du matin eut refroidi, elle le mélangea avec le lait écrémé et le mit à chauffer sur le fourneau.

Un peu de présure enfermée dans un linge trempait dans de l'eau tiède.

Quand le lait fut assez chaud, Maman pressa bien la présure dans son linge pour en extraire toutes les gouttes, puis elle versa l'eau dans le lait. Elle remua soigneusement et plaça la marmite sur un coin du fourneau où la température était douce. Au bout d'un petit moment, le lait épaissit en une masse lisse et frémissante.

Maman découpa cette masse en petits carrés avec un long couteau, et la laissa reposer jusqu'à ce que le lait caillé et le petit-lait soient séparés. Puis elle versa le tout dans un linge afin que le petit-lait, jaunâtre, s'égoutte.

Quand le petit-lait cessa de s'égoutter, Maman versa le lait caillé dans une grande jatte, le sala et remua le tout.

Laura et Marie étaient toujours là, aidant de leur mieux. Elles aimaient se régaler des morceaux de lait caillé que Maman était en train de saler. Cela grinçait sous les dents.

Papa avait préparé, sous le cerisier derrière la maison, une planche pour presser le fromage. Il avait creusé deux rainures sur toute la longueur de la planche et posé celle-ci sur deux souches, une extrémité un peu plus haute que l'autre. Sous la plus basse, il avait installé un seau vide.

Maman mit le moule à fromage sur la planche, tapissa l'intérieur d'un linge propre et mouillé et le coiffa d'un couvercle en bois rond juste assez grand pour rentrer dans le moule. Puis elle posa dessus une lourde pierre. Sous le poids de la pierre, le couvercle de bois descendit petit à petit toute la journée et le petit-lait pressé dégoulina le long des rainures de la planche dans le seau.

Le jour suivant, Maman sortit du moule le fromage rond et jaune pâle, aussi grand qu'une casserole à lait. Puis elle fit encore du lait caillé et remplit à nouveau le moule.

Chaque matin, elle sortait un nouveau fromage de la presse, le lissait, le cousait bien serré dans un linge qu'elle frottait entièrement avec du beurre frais, et le rangeait sur une étagère dans le garde-manger.

Elle l'essuyait soigneusement tous les jours avec un linge mouillé, puis l'enduisait à nouveau de beurre frais et le retournait sur l'autre face. Après beaucoup de jours, le fromage était à point et il était enrobé d'une croûte dure.

Alors Maman enveloppait chaque fromage dans du papier et le plaçait sur l'étagère la plus haute. Il ne restait plus qu'à le manger.

Laura et Marie aimaient bien l'époque où l'on faisait le fromage.

Maman se moquait d'elles quand elles mangeaient le fromage vert :
— On dit que la lune est en fromage vert. Mais les apparences sont trompeuses.

Le nouveau fromage ressemblait en effet à la lune ronde quand elle apparaissait derrière les arbres. Seulement il n'était pas vert : il était jaune comme elle.
— Il est vert, expliquait Maman, parce qu'il n'est pas encore fait. Il faut attendre qu'il soit bien mûr.
— Est-ce que la lune est vraiment en fromage vert ? demanda Laura, et Maman se mit à rire.

Elle leur précisa que la lune morte et froide était comme un petit monde sur lequel rien ne pousse.

Le premier jour, quand Maman commença à faire le fromage, Laura goûta le petit-lait. Elle le goûta sans rien dire à Maman, et quand celle-ci se retourna, elle vit sa tête et se mit à rire. Ce soir-là, pendant qu'elle lavait la vaisselle du dîner et que Marie et Laura l'essuyaient, Maman rapporta l'incident à Papa.

— Avec le petit-lait de Maman, tu ne mourrais pas de faim comme le vieux Grimes avec celui de sa femme, dit Papa.

Laura le supplia alors de lui raconter l'histoire du vieux Grimes. Et bien qu'il fût fatigué, Papa sortit son violon de sa boîte et joua et chanta pour Laura :

Le vieux Grimes est mort, ce bon vieil
    homme.
Nous ne les verrons plus jamais
lui et son vieux manteau gris
tout boutonné sur le devant.

*Sa femme avait fait du fromage au lait
   écrémé*
et le bon vieux a bu le petit-lait.
Le grand vent d'ouest est arrivé
et c'est le vieux Grimes qu'il a emporté.

— Et voilà ! dit Papa. C'était une femme avare. Si elle n'avait pas écrémé tout le lait, un peu de crème aurait coulé avec le petit-lait, et le vieux Grimes aurait peut-être tenu le coup. Mais elle écrémait tout le lait, et le pauvre vieux Grimes était devenu si mince que le vent l'a emporté. Il est carrément mort de faim.

Alors Papa regarda Maman et acheva :

— Personne ne mourra de faim avec toi dans les parages, Caroline.

— Non, dit Maman. Non, Charles, pas tant que tu es là pour nous approvisionner.

Papa était content. Tout allait bien, les portes et les fenêtres étaient grandes ouvertes sur le soir d'été et la vaisselle tintait gaiement. Papa, qui avait rangé

son violon, souriait et sifflotait doucement, puis il déclara :
— Caroline, demain je vais chez Henry, pour lui emprunter sa pioche à défricher. Les rejets m'arrivent à la taille dans le champ de blé. Il faut les couper, sinon le bois reprendra sa place.

Le lendemain de bonne heure, il se mit en marche pour se rendre chez l'oncle Henry. Mais il ne se passa pas bien longtemps qu'on ne le voit revenir en hâte. Il attela les chevaux à la charrette, jeta dedans sa hache, des cuvettes, la lessiveuse et tous les seaux et baquets de bois qu'ils possédaient.

— Je ne sais pas si je les utiliserai tous, Caroline, dit-il, mais je ne voudrais pas en avoir besoin et ne pas les avoir sous la main.

— Oh, qu'est-ce que c'est ? qu'est-ce que c'est ? demanda Laura, sautant d'excitation.

— Papa a trouvé un arbre avec des abeilles, dit Maman. Peut-être qu'il va nous rapporter du miel.

Papa ne revint pas avant midi. Laura l'attendait et elle courut vers la charrette dès qu'il s'arrêta devant le poulailler.

Mais elle ne pouvait pas voir ce qu'il y avait dedans.

Papa appela :
— Caroline, peux-tu prendre ce seau de miel, je vais dételer ?

Maman sortit et se dirigea vers la charrette, déçue. Elle dit :
— Eh bien, Charles, même un seau de miel, c'est déjà quelque chose.

Puis elle regarda dans la charrette et leva les bras au ciel. Papa riait.

Tous les seaux et les baquets étaient remplis de rayons ruisselant de miel doré. Les deux cuvettes étaient pleines ainsi que la lessiveuse.

Papa et Maman firent des allers-retours pour les porter dans la maison. Maman dressa une montagne de rayons sur un plat et recouvrit le reste avec des torchons.

À dîner, ils se gavèrent de miel, et Papa leur raconta comment il avait découvert l'arbre au nid d'abeilles.
— Je n'avais pas emporté mon fusil parce que je n'étais pas parti pour chasser, et que maintenant, en été, il n'y a pas grand danger. Les pumas et les ours sont si gras

à cette époque qu'ils sont paresseux et ont bon caractère.

« Bon, alors j'ai pris un raccourci à travers bois, et je suis presque tombé dans les bras d'un gros ours. Je venais de contourner un taillis quand je l'aperçus devant moi : la distance entre nous n'était pas plus grande que cette pièce.

« Il tourna la tête vers moi, et je pense qu'il vit que je n'avais pas de fusil. Toujours est-il qu'il ne s'intéressa pas à moi plus que cela.

« Il se tenait au pied d'un gros arbre, et des abeilles tournaient autour de lui en bourdonnant. Elles ne pouvaient pas le piquer à travers sa fourrure épaisse, et il les écartait de sa tête avec sa patte.

« Je restai là à l'observer. Il plongea une patte dans un trou de l'arbre et la ressortit toute dégoulinante de miel. Il la lécha et la fourra à nouveau dans le trou pour en avoir encore. Mais moi, pendant ce temps, j'avais ramassé un gourdin. Je voulais ce miel pour moi.

« Alors, je me suis mis à faire un raffut terrible en frappant sur l'arbre et en hurlant. L'ours était si gras et si repu de miel qu'il se laissa retomber sur ses quatre pattes et s'en alla en se dandinant entre les arbres. Je le poursuivis un moment en l'obligeant à s'éloigner en courant, puis je suis revenu à la maison chercher la charrette.

Laura lui demanda comment il avait fait pour prendre le miel aux abeilles.
— C'était facile. J'ai conduit les chevaux à distance, afin qu'ils ne soient pas pi-

qués, et puis j'ai abattu l'arbre et je l'ai fendu en deux.
— Les abeilles ne t'ont pas piqué ?
— Non. Les abeilles ne me piquent jamais. L'arbre était entièrement creux, et plein de miel du haut en bas. Les abeilles avaient dû en emmagasiner là depuis des années. Il y en avait qui était vieux et noir, mais je pense avoir rapporté suffisamment de bon miel pour un petit moment.

Laura avait pitié des pauvres abeilles. Elle dit :
— Elles ont tellement travaillé, et maintenant, elles n'auront plus de miel.

Mais Papa répondit qu'il leur en restait encore beaucoup, et qu'il y avait un autre grand arbre creux tout près dans lequel elles pourraient emménager. Il pensait qu'il était temps qu'elles aient une maison neuve et propre.

Elles allaient prendre le vieux miel qu'il avait laissé dans l'arbre, le transformeraient en miel frais, et le mettraient à l'abri dans leur nouvelle maison. Elles conserveraient la moindre goutte renversée et elles auraient à nouveau plein de miel avant la venue de l'hiver.

11. La moisson

Papa et l'oncle Henry s'entraidaient dans le travail. Quand le grain fut mûr dans les champs, oncle Henry alla travailler avec Papa, et tante Polly vint avec tous les cousins passer la journée. Puis Papa alla chez l'oncle Henry pour l'aider à couper son blé, et Maman prit Laura, Marie et Carrie avec elle, pour aller chez tante Polly.

Maman et tante Polly travaillèrent dans la maison et tous les cousins jouèrent ensemble dans l'enclos jusqu'à l'heure du dîner. L'enclos de tante Polly était un très bon endroit pour jouer, parce que les souches étaient grosses.

Les cousins jouaient à sauter d'une souche à l'autre sans poser un pied sur le sol.

Même Laura, qui était la plus petite, pouvait faire cela facilement là où les jeunes arbres avaient poussé tout près les uns des autres. Le cousin Charles était un grand garçon qui allait sur ses onze ans, et il était capable de parcourir ainsi tout l'enclos sans toucher terre, et même de franchir les plus petites souches deux par deux. Il pouvait aussi marcher sur le sommet de la palissade sans avoir peur.

Papa et l'oncle Henry étaient dans les champs et fauchaient l'avoine. Ils se servaient de faux qui étaient faites avec une lame d'acier aiguisée, fixée à un assemblage de planchettes de bois qui retenaient les tiges des épis quand la lame les coupait. Ils tenaient les faux par leur long manche recourbé et les lançaient avec un balancement dans les tiges d'avoine dressées. Lorsqu'ils en avaient coupé suffisamment, ils les faisaient glisser à terre en bottes soignées. C'était un dur labeur d'aller et venir de la sorte sous le soleil ardent, avec le poids de la faux au bout des bras.

Quand toute la moisson était fauchée, ils se penchaient au-dessus de chaque botte, prenaient une poignée de tiges qu'ils tordaient pour en faire un lien suffisamment long. Ensuite ils ramassaient la botte, nouaient le lien autour et rentraient les bouts.

Quand ils avaient fait sept gerbes, ils

formaient ce qu'on appelle une moyette. Pour cela, ils dressaient cinq gerbes appuyées les unes contre les autres, les épis vers le haut. Puis, ils posaient par-dessus deux gerbes dont ils étalaient les tiges afin de protéger les autres gerbes de la rosée et de la pluie.

Chaque gerbe devait être à l'abri de la moyette avant la nuit, sinon elle risquait de pourrir.

Papa et l'oncle Henry s'activaient, car le temps était si lourd, l'air si chaud et si calme qu'ils s'attendaient à ce qu'il pleuve. Et ils ne voulaient pas risquer de perdre la récolte. Car, alors, les chevaux de l'oncle Henry auraient faim pendant tout l'hiver.

À midi, Papa et l'oncle Henry rentrèrent en toute hâte avaler leur déjeuner aussi vite que possible. Oncle Henry dit qu'il faudrait que Charles vienne les aider dans l'après-midi.

Laura regarda Papa. À la maison, Papa disait à Maman que l'oncle Henry et tante Polly gâtaient Charles. Quand Papa avait onze ans, il faisait chaque jour sa journée de travail dans les champs en conduisant les bœufs. Mais Charles, lui, ne travaillait pratiquement pas.

Maintenant, l'oncle Henry avait changé d'avis. Charles pouvait leur faire gagner beaucoup de temps. Il pouvait aller à la source et leur apporter à boire quand ils auraient soif. Il pouvait chercher la pierre à aiguiser quand les lames auraient besoin d'être affûtées.

Tous les enfants s'étaient tournés vers Charles. Celui-ci n'avait pas envie d'aller aux champs. Il désirait rester jouer dans l'enclos. Mais, bien sûr, il n'osa pas le dire.

Papa et l'oncle Henry ne prirent aucun repos. Ils mangèrent rapidement et repartirent aussitôt en emmenant Charles.

Maintenant, c'était Marie la plus âgée, et elle voulut jouer tranquillement à un jeu de filles. Alors, dans l'après-midi, les cousins inventèrent une maison. Les souches étaient des chaises, des tables et des cuisinières. Les feuilles étaient de la vaisselle, et les enfants étaient représentés par des bouts de bois.

Le soir, Laura et Marie entendirent

Papa raconter à Maman ce qui s'était passé aux champs.

Au lieu d'aider Papa et l'oncle Henry, Charles avait fait toutes les bêtises qu'il pouvait inventer. Il se mit sans cesse sur leur chemin, ce qui les empêchait de faucher. Il avait caché la pierre à aiguiser, qu'ils durent chercher quand ils eurent besoin d'affûter les lames. Il n'apporta la cruche d'eau qu'après que l'oncle Henry l'eut appelé trois ou quatre fois, puis il bouda. Après quoi, il les suivit partout, bavardant et posant des questions. Ils avaient trop de travail pour s'occuper de lui et ils lui dirent de s'en aller et de cesser de les déranger.

Mais quand ils l'entendirent crier, ils laissèrent tomber leurs faux et coururent à travers le champ pour le rejoindre. Il y avait des bois tout autour et on rencontrait parfois des serpents dans l'avoine.

Lorsqu'ils arrivèrent près de Charles, il n'avait rien et il se moqua d'eux en riant :
— Je vous ai bien eus ce coup-ci, hein ?

Papa dit que, s'il avait été l'oncle Henry, il lui aurait donné une bonne tannée. Mais l'oncle Henry n'avait rien fait.

Alors, ils burent un peu et retournèrent au travail.

Charles se remit à crier encore trois autres fois, et ils accoururent vers lui, aussi vite qu'ils purent, alors qu'il se moquait toujours d'eux. Il trouvait que c'était une bonne farce. Et l'oncle Henry ne le rossait toujours pas.

Puis il cria une quatrième fois, plus fort que les précédentes. Papa et l'oncle Henry le voyaient sauter mais, n'apercevant par ailleurs rien de particulier, pensèrent qu'il voulait les berner et continuèrent tranquillement leur travail.

Charles hurlait de plus en plus fort. Papa ne dit rien, mais l'oncle Henry déclara :
— Laisse-le crier.

Cependant, Charles ne s'arrêtait pas. Enfin, l'oncle Henry dit :
— Peut-être a-t-il vraiment quelque chose.

Ils posèrent leur faux et se dirigèrent vers lui.

Et pendant tout ce temps, Charles était aux prises avec un nid de guêpes !

Le nid était dans le sol et Charles avait marché dessus. Alors les guêpes en corset jaune étaient sorties en foule et l'avaient attaqué avec leurs dards brûlants, et il ne pouvait leur échapper.

Elles lui piquaient la figure, les mains, le cou, se glissaient sous les jambes de son pantalon et piquaient, se glissaient sous le col de sa chemise et piquaient. Plus il s'agitait, plus il criait, et plus elles piquaient.

Papa et l'oncle Henry le saisirent par les bras et coururent avec lui, loin du nid. Ils le déshabillèrent et tuèrent les guêpes qu'il avait sur lui, secouèrent celles qui restaient dans ses vêtements, puis le rhabillèrent et le renvoyèrent à la maison.

Laura et Marie étaient tranquillement en train de jouer avec leurs cousins, quand ils entendirent de grands sanglots. Charles arrivait en braillant, et sa figure était tellement enflée que les larmes pouvaient à peine couler.

Ses mains étaient gonflées et ses doigts raidis. Il y avait des petites bosses, dures et blanches, un peu partout sur sa figure et son cou tuméfiés.

Les enfants restaient là, pétrifiés.

Maman et tante Polly sortirent de la maison en courant et lui demandèrent ce qui s'était passé. Charles hoquetait et sanglotait. Maman comprit que c'étaient des guêpes. Elle se précipita au jardin et remplit de terre une grande casserole, pendant que tante Polly emmenait Charles à la maison et le déshabillait.

Elles firent de la boue avec la terre

et en tartinèrent Charles du haut en bas. Elles l'enroulèrent ensuite dans un vieux drap et le mirent au lit. Ses yeux étaient fermés et son nez avait une drôle de forme. Maman et tante Polly lui couvrirent le visage de boue et lui firent des bandages avec des linges. On ne voyait plus que le bout de son nez et sa bouche. Tante Polly fit infuser des herbes afin de lui donner à boire contre la fièvre. Laura, Marie et les cousins demeurèrent un bon moment autour de lui, à le regarder.

Il faisait nuit quand Papa et l'oncle Henry revinrent des champs. Toute l'avoine était en moyettes ; maintenant la pluie pouvait tomber sans danger.

Papa devait rentrer traire les vaches qui l'attendaient déjà. Et quand les vaches ne sont pas traites à temps, elles fournissent moins de lait. Il attela en vitesse et ils montèrent tous dans la charrette.

Papa était très fatigué et ses mains lui faisaient si mal qu'il ne pouvait pas très bien guider les chevaux. Mais ceux-ci connaissaient le chemin. Pendant le trajet, Papa raconta ce que Charles avait fait.

Laura et Marie étaient horrifiées. Il leur arrivait d'être vilaines, mais elles n'avaient jamais imaginé que quiconque pût être aussi méchant que Charles. Il n'avait pas travaillé à sauver l'avoine. Il n'avait pas obéi rapidement quand son père lui avait parlé. Il avait gêné Papa et l'oncle Henry pendant qu'ils se donnaient tant de mal.

Puis Papa leur parla du nid de guêpes et dit :
— C'était bien fait pour ce petit menteur.

Ce soir-là, couchée dans le lit à roulettes, écoutant la pluie qui tambourinait sur le toit et dégoulinait des gouttières, Laura songeait aux paroles de Papa.

Elle pensa à ce que les guêpes avaient fait à Charles. Elle se dit, comme son père, que c'était bien fait parce qu'il avait été vraiment insupportable. Et les guêpes avaient le droit de le piquer puisqu'il avait sauté sur leur maison.

Mais elle ne comprenait pas pourquoi Papa l'avait traité de « petit menteur ». Comment Charles pouvait-il être un menteur alors qu'il n'avait pas dit un mot ?

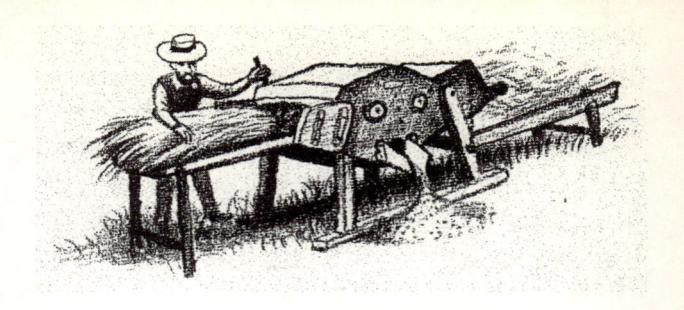

12. La merveilleuse machine

Le jour suivant, Papa coupa les épis de plusieurs gerbes d'avoine et il apporta les tiges toutes propres, jaunes et brillantes à Maman. Elle les mit dans une cuvette d'eau pour les assouplir et pour qu'elles restent molles. Puis elle s'assit sur une chaise à côté de la cuvette et se mit à les tresser.

Elle prit plusieurs brins, les noua ensemble à un bout et commença à tresser. Les pailles étaient de longueurs différentes et quand elle arrivait au bout de l'une d'elles, elle en mettait une autre à sa place.

Elle laissait retomber le bout de la natte dans l'eau en continuant à tresser. Elle travailla ainsi plusieurs jours de suite, pendant tous ses moments de libre.

Elle fit une jolie tresse, étroite et souple, en se servant de sept pailles fines. Elle utilisa neuf pailles plus fortes pour une tresse plus large qui était irrégulière sur les bords. Et, avec les plus grosses pailles, elle confectionna la tresse la plus large.

Quand toutes les pailles furent tressées, elle enfila une aiguille avec un fil blanc et solide et entreprit de coudre la tresse en rond, la tenant de manière à ce qu'elle reste aplatie une fois cousue. Cela fit un petit paillon, et Maman expliqua que c'était le fond d'un chapeau.

Puis elle continua à coudre la tresse bord à bord en la tenant plus serrée, formant ainsi les côtés du chapeau. Une fois le chapeau assez haut, Maman tint la tresse plus lâche à nouveau et continua à la coudre en rond, et la tresse se mit à plat et c'était le bord du chapeau.

Quand le bord fut assez large, Maman coupa la tresse et cousit le bout bien serré pour qu'elle ne se défasse pas.

Maman fit des chapeaux à Marie et à Laura avec la tresse la plus jolie et la plus mince. Pour le chapeau du dimanche de Papa et pour elle-même, elle employa la tresse large et dentelée. Elle fabriqua encore à Papa deux chapeaux pour tous les jours avec la plus grosse tresse.

Quand elle avait terminé un chapeau, Maman le posait sur une planche pour le faire sécher au soleil, et elle lui donnait sa jolie forme qui ne bougerait plus une fois qu'il serait sec.

Laura aimait la regarder faire, et elle apprit à tresser la paille et fit un petit chapeau pour Charlotte.

Les jours raccourcissaient et les nuits devenaient plus fraîches. Une nuit, Bonhomme Hiver passa par là, et le lendemain matin, il y eut des couleurs vives ici et là, parmi le feuillage vert des Grands Bois. Puis toutes les feuilles cessèrent d'être vertes. Elles étaient jaunes, écarlates et pourpres, dorées et brunes.

Le long de la barrière, les grappes de baies rouges du sumac se dressaient au-dessus de son feuillage embrasé. Les glands tombaient des chênes. Laura et Marie en faisaient de petites tasses et des soucoupes pour leur maison de poupées. Les écureuils affairés couraient partout, ramassant leurs provisions d'hiver qu'ils cachaient dans les creux des arbres.

Laura et Marie allaient avec Maman cueillir des noix et des noisettes. Elles les étalaient au soleil pour les faire sécher, puis les secouaient pour les faire sortir de leurs brous et les rangeaient dans le grenier pour l'hiver.

L'enveloppe tendre des noix était pleine d'un jus brun qui teignait les doigts, mais les noisettes sentaient bon et étaient délicieuses quand Laura utilisait ses dents pour les craquer et libérer les fruits.

Tout le monde était très occupé maintenant. Laura et Marie aidaient à récolter les pommes de terre poussiéreuses une fois que Papa les avait déterrées. Elles tiraient sur les carottes jaunes et les navets à auréole violette. Elles aidaient aussi Maman à préparer les citrouilles pour les tartes.

Maman ouvrait en deux les grosses citrouilles orange avec un couteau de boucher. Elle nettoyait le centre de ses pépins, et coupait de longues tranches qu'elle épluchait. Laura l'aidait alors à couper la chair en cubes.

Maman mettait les cubes dans une marmite en fer sur le fourneau, versait un peu d'eau et laissait mijoter toute la journée. L'eau et le jus devaient complètement s'évaporer sans que la citrouille brûle.

Il se formait une masse épaisse et sombre, qui ne bouillait pas comme l'eau et dont les bulles venaient crever d'un coup à la surface, en faisant des trous qui se refermaient rapidement.

Chaque fois qu'une bulle crevait, l'odeur de la citrouille riche et chaude montait de la marmite.

Laura surveillait la citrouille, debout sur une chaise, et tournait avec une cuillère en bois. Elle tenait la cuillère des deux mains et remuait avec précaution parce que, si la citrouille brûlait, il n'y aurait pas de tarte.

Pour dîner, ils avaient de la citrouille cuite avec du pain. Elle avait une couleur superbe, et on pouvait la lisser et la modeler avec le couteau pour lui donner de jolies formes dans son assiette.

Maman ne leur permettait jamais de jouer avec leur nourriture ; elles devaient toujours manger sagement tout ce qu'elle leur servait. Mais elle leur permettait de donner de jolies formes à la citrouille cuite avant de la manger.

D'autres fois, ils avaient du pâtisson. L'écorce était si coriace que Maman devait prendre la hachette de Papa pour le couper en morceaux. Une fois les morceaux cuits au four, Laura aimait bien étaler le beurre sur la chair tendre, la détacher avec la cuillère et la manger.

Le soir, maintenant, ils avaient souvent du maïs décortiqué et du lait. Ça aussi, c'était bon. Si bon que Laura pouvait difficilement attendre que le maïs soit complètement décortiqué. Il fallait deux ou trois jours pour cela.

Le premier jour, Maman vidait les cendres du fourneau. Puis elle faisait brûler du bois de chêne bien propre et brillant, et recueillait les cendres dans un petit sac en tissu.

Ce soir-là, Papa rapportait quelques épis de maïs avec de gros grains gonflés. Il ôtait les feuilles et les petits grains des extrémités qui ne sont pas bons. Puis il faisait tomber les grains dans une grande casserole jusqu'à ce qu'elle soit pleine.

Tôt, le lendemain matin, Maman versait les grains de maïs avec le sac de cendres dans une grande marmite en fonte. Elle remplissait la marmite d'eau et laissait cuire le tout pendant longtemps. Enfin, les grains de maïs commençaient à gonfler, et ils gonflaient jusqu'à ce que leurs peaux éclatent.

Quand les grains étaient prêts à être pelés, Maman transportait la lourde marmite dehors. Elle remplissait un baquet d'eau froide et y mettait le maïs à tremper. Puis elle roulait jusqu'aux coudes les manches de sa robe et s'agenouillait devant le baquet. Elle frottait alors le maïs et le grattait de ses ongles jusqu'à ce que les peaux se détachent et viennent flotter à la surface de l'eau.

Elle changeait souvent l'eau et continuait à frotter le maïs jusqu'à ce qu'il soit parfaitement décortiqué.

Maman était si jolie comme cela, avec ses bras nus, potelés et blancs, ses joues roses et ses cheveux noirs lisses et brillants. Elle ne faisait jamais tomber une seule goutte d'eau sur sa robe.

Quand le maïs était enfin prêt, Maman remplissait un grand pot de grains tendres et blancs et le rangeait dans le garde-manger. Alors, ils avaient enfin du maïs décortiqué et du lait pour le dîner.

Ils en avaient aussi parfois au petit déjeuner, avec du sirop d'érable ; ou encore Maman faisait frire les grains dans de la graisse de porc. Mais Laura les préférait avec du lait.

C'était très amusant, l'automne. Il y avait tant de choses à faire, tant de bonnes choses à manger, tant de nouvelles choses à voir. Laura galopait et bavardait du matin au soir, comme un écureuil.

Par un matin frisquet, une machine, tirée par quatre chevaux, fit son apparition. Deux hommes étaient dessus. Ils la conduisirent dans le champ où Papa, l'oncle Henry, Grand-Père et M. Peterson avaient rangé leur blé.

Ensuite, deux autres hommes amenèrent une machine plus petite.

Papa appela Maman pour la prévenir que les batteuses étaient arrivées ; puis il se dirigea en hâte vers le champ avec ses chevaux. Laura et Marie demandèrent la permission à Maman, et coururent derrière lui. Elles pouvaient regarder, à condition de faire bien attention de ne pas s'approcher trop près.

L'oncle Henry et Papa attelèrent huit chevaux à la plus petite machine. Ils les attelaient par deux au bout d'un long bâton qui sortait du centre de la machine. Une barre de fer qui passait au ras du sol réunissait les deux machines.

Par la suite, Laura et Marie posèrent des questions et Papa leur dit que la grande machine s'appelait un séparateur, que la barre de fer était un arbre à cames, et la petite machine, une motrice, mue par huit chevaux, ce qui en faisait une machine d'une force de huit chevaux.

Un homme s'asseyait sur la motrice, et quand tout était prêt, il faisait démarrer les chevaux qui avançaient en cercle autour de lui, entraînant le long bâton auquel ils étaient attelés. À chaque tour, ils enjambaient avec précaution la barre qui tournait au ras du sol et faisait marcher la grande machine, placée près du gerbier. Tout ceci dans un bruit énorme, avec des cliquetis et des grincements de ferraille. Laura et Marie se tenaient par la main, au bord du champ, et regardaient de tous leurs yeux. Elles n'avaient encore jamais vu une machine. Elles n'avaient jamais entendu un tel boucan.

Papa et l'oncle Henry, debout sur le gerbier, faisaient tomber les gerbes sur une planche. Un homme, près de la planche, coupait le lien des gerbes et les fourrait une à une dans un trou à l'extrémité du séparateur.

Le trou avait l'air d'une bouche, avec ses longues dents en fer. Elles mâchaient les gerbes et le séparateur les avalait. La paille ressortait à l'autre bout et les grains de blé s'écoulaient sur le côté.

Deux hommes tassaient la paille et la mettaient en meule. Un autre remplissait des sacs avec le blé. Les grains tombaient dans une mesure d'un demi-boisseau, et dès que celle-ci était pleine, il en glissait une vide à sa place et versait la première dans un sac. Il avait à peine le temps de la vider et de la placer sous le tuyau de descente avant que l'autre mesure ne déborde.

Ils travaillaient aussi vite qu'ils le pouvaient et arrivaient tout juste à suivre le rythme de la machine. Laura et Marie étaient si fascinées qu'elles en perdaient le souffle.

Les chevaux marchaient en rond sans

s'arrêter. L'homme qui les conduisait faisait siffler son fouet et criait :
— Hue, John ! Pas la peine de tirer au flanc ! Attention, Billy ! Du calme, mon garçon ! Tu n'iras pas plus vite de toute façon.

La paille hachée et la poussière volaient en nuage blond, le blé d'un brun doré ruisselait en coulant du tuyau de descente, pendant que les hommes s'activaient.

Laura et Marie regardèrent aussi longtemps qu'elles purent. Puis elles retournèrent à la maison en courant aider Maman à préparer le déjeuner pour tous ces hommes.

Une grande marmite de choux et de viande était en train de cuire sur le fourneau ; dans le four, il y avait une grande cocotte pleine de haricots et un johnny-cake. Laura et Marie mirent le couvert. Elles déposèrent sur la table le pain et le beurre, des bols de potiron, des tartes à la citrouille et aux baies sèches, des biscuits, du fromage, du miel et des pots de lait.

Laura se demandait toujours pourquoi le pain fait de maïs s'appelait johnny-cake. Maman pensait que c'était peut-être les soldats de l'armée du Nord qui lui avaient donné ce nom parce que les gens du Sud, où ils se battaient, en mangeaient tellement. Ils appelaient les soldats de l'armée du Sud les Johnny Rebs. Peut-être appelaient-ils cake le pain du Sud, juste pour s'amuser.

Maman avait entendu dire que l'on devrait l'appeler le pain du voyageur. Elle ne savait pas pourquoi. Mais elle trouvait que ce n'était pas un pain très indiqué pour le voyage.

Les hommes vinrent à midi et s'installèrent devant l'abondante nourriture. Mais il n'y eut rien en trop car ils avaient travaillé dur et étaient très affamés.

Vers le milieu de l'après-midi, les machines avaient achevé de battre le blé, et leurs propriétaires s'en retournèrent dans les Grands Bois en emportant des sacs de blé pour salaire.

Ce soir-là, Papa était très fatigué, mais heureux. Il dit à Maman :
— Si nous avions voulu battre au fléau autant de blé que la machine en a battu aujourd'hui, nous en aurions eu pour quinze jours, Henry, Peterson, Papa et

moi. Et nous n'aurions pas récolté autant de blé, ni aussi propre.

« Cette machine est une grande invention ! poursuivit-il. Si les gens veulent garder leurs vieilles habitudes, qu'ils les gardent, mais moi je suis pour le progrès. Nous vivons une époque formidable. Tant que je planterai du blé, je ferai venir une machine pour le battre, s'il y en a une dans les environs.

Il était trop éreinté ce soir-là pour parler avec Laura, mais Laura était fière de lui. C'était Papa qui avait persuadé les autres hommes de rassembler leurs récoltes et d'envoyer chercher une machine, et c'était une merveilleuse machine. Tout le monde était bien content qu'elle soit venue.

13. Des cerfs dans les bois

L'herbe était sèche et jaunie, et il fallut ramener les vaches dans l'étable. Toutes les feuilles aux couleurs vives étaient devenues d'un brun terne avec les premières pluies froides de l'automne.

On ne pouvait plus jouer sous les arbres. Mais Papa était à la maison les jours de pluie, et il recommença à jouer du violon après le dîner.

Puis les pluies s'arrêtèrent. Il se mit à faire froid. À l'aube, tout était saupoudré de gelée. Les jours raccourcissaient et un petit feu brûlait en permanence dans le fourneau pour garder une bonne chaleur dans la maison. L'hiver n'était pas loin.

Le grenier et le garde-manger étaient encore une fois pleins de bonnes choses, et Laura et Marie avaient repris la confection de courtepointes. Tout était à nouveau douillet et confortable.

Un soir, quand il rentra, Papa déclara qu'il allait sortir après le dîner et se mettre à l'affût du côté des cerfs. Il n'y avait pas eu de viande fraîche dans la maison depuis le printemps, mais maintenant que les faons étaient grands, Papa allait recommencer à chasser.

Papa avait mis du sel dans la clairière pour attirer les cerfs, qui en étaient friands. On appelait cela un lèche-sel.

Après dîner, Papa prit son fusil et partit dans les bois. Laura et Marie allèrent se coucher sans histoire et sans air de violon.

Dès leur réveil le lendemain matin, elles coururent à la fenêtre, mais il n'y avait pas de cerf accroché dans les chênes. Papa n'était encore jamais sorti chasser le cerf sans en rapporter un. Laura et Marie ne savaient que penser.

Tout le jour, Papa s'occupa à construire des remblais de feuilles mortes et de paille maintenus par des pierres contre les murs de la petite maison et de la grange, afin d'empêcher le froid de passer. Il faisait de plus en plus froid et, ce soir-là, on alluma du feu dans la cheminée, et les fenêtres furent bien fermées et les fentes bien bouchées.

Après dîner, Papa prit Laura sur ses genoux tandis que Marie s'asseyait près d'eux sur sa petite chaise. Et il dit :

— Maintenant, je vais vous raconter pourquoi vous n'avez pas eu de viande fraîche aujourd'hui :

« Quand je suis arrivé à la clairière où j'avais répandu du sel par terre, j'ai grimpé dans un gros chêne. Je me suis installé sur une grosse branche où j'étais bien confortable et d'où je pouvais surveiller l'endroit. J'étais assez près pour tirer sur n'importe quel animal qui serait venu là, et mon fusil était tout prêt sur mes genoux.

« J'étais donc assis et j'attendais que la lune se lève et éclaire la clairière.

« J'étais un peu fatigué d'avoir fendu du bois, et j'ai dû m'endormir, car je me suis retrouvé en train d'ouvrir les yeux.

« La grosse lune ronde se levait tout juste. Je pouvais l'apercevoir entre les branches nues, encore basse dans le ciel. C'est alors que je distinguai un cerf. Ses grands bois dressés au-dessus de sa tête, il se découpait tout noir contre la lune, et écoutait.

« Le tir aurait été parfait. Mais ce cerf était si beau, il avait l'air tellement fort, tellement libre et sauvage, que je n'ai pas eu le cœur de le tuer. Je restai là à le regarder, jusqu'à ce qu'il disparaisse en bondissant dans les bois sombres.

« Puis je me souvins que Maman et mes petites filles attendaient à la maison que je rapporte du gibier frais. Et je me promis de tirer à la prochaine occasion.

« Au bout d'un moment, un grand ours déambula lourdement dans la clairière. Il était tellement gras d'avoir avalé tant de baies, de racines et d'asticots pendant tout l'été qu'il était bien large comme deux ours à lui tout seul. Sa tête se balançait d'un côté à l'autre tandis qu'il traversait à quatre pattes l'espace éclairé par la lune. Il s'arrêta devant une bûche pourrie. Il la renifla, puis tendit l'oreille. Après quoi il la bouscula de la patte pour l'écraser, renifla les morceaux, et mangea les vers blancs qui y grouillaient.

« Ensuite, il se redressa sur ses pattes de derrière, parfaitement immobile, examinant les alentours. Il semblait pressentir un danger. Il essayait de voir ou de flairer ce que cela pouvait être.

« C'était une cible parfaite, mais cela m'intéressait de l'observer, et puis les bois étaient si paisibles au clair de lune, que j'en oubliai complètement mon fusil. Je ne pensai même pas à lui tirer dessus, et il s'éloigna dans les bois de sa marche chaloupée.

« Cela ne peut pas continuer comme ça, me dis-je. Ce n'est pas de cette façon que j'aurai de la viande.

« Je me calai de nouveau dans mon arbre et me remis à attendre. J'étais bien déterminé à tirer sur le prochain gibier qui se présenterait.

« La lune était plus haute et éclairait encore mieux le petit espace dégagé. Tout autour, ce n'étaient que ténèbres.

« Au bout d'un long moment, une biche et son petit sortirent de l'ombre de leur démarche délicate. Ils n'étaient pas du tout effrayés. Ils se dirigèrent vers l'endroit que j'avais saupoudré de sel et en léchèrent chacun un peu. Puis ils levèrent la tête et se regardèrent. Le faon se rapprocha de la biche. Ils se tenaient l'un à côté de l'autre, observant les bois et le clair de lune. Leurs grands yeux étaient brillants et doux.

« Je restai là à les contempler jusqu'à ce qu'ils s'éloignent dans l'obscurité. Puis je descendis de mon arbre et je rentrai à la maison.

Laura lui chuchota à l'oreille :
— Je suis contente que tu ne les aies pas tués.

Marie dit :
— Nous pouvons manger du pain et du beurre.

Papa souleva Marie de sa chaise et les serra toutes les deux contre lui.

— Vous êtes mes bonnes petites filles, dit-il. Et maintenant, c'est l'heure d'aller au lit. Courez vite, pendant que je prends mon violon.

Quand Laura et Marie eurent dit leurs prières et furent douillettement bordées sous les couvertures de leur petit lit, Papa s'assit avec son violon, devant la cheminée. Maman avait soufflé la lampe, car elle n'avait pas besoin de lumière. Elle se balançait dans son fauteuil à bascule, de l'autre côté de la cheminée, et ses aiguilles à tricoter lançaient des éclairs au-dessus de la chaussette qu'elle était en train de tricoter.

Les longues soirées d'hiver à la lueur du feu et au son de la musique étaient de nouveau là.

Le violon résonnait en même temps que la voix grave de Papa :

Ô Susan-na, ne pleure pas pour moi.
Je m'en vais en Ca-li-for-nie,
et la poussière d'or sera pour moi.

Et puis Papa se mit à jouer la chanson du vieux Grimes. Mais il ne chantait pas les mêmes paroles que lorsque Maman faisait le fromage.

> *Faut-il oublier les vieux amis,*
> *Et ne jamais s'en souvenir ?*
> *Faut-il oublier les vieux amis*
> *Oublier les jours d'antan ?*
> *Et les jours d'antan, mon ami,*
> *Et les jours d'antan,*
> *Faut-il oublier les vieux amis,*
> *Oublier les jours d'antan ?*

Quand le violon eut cessé de résonner, Laura demanda doucement :
— C'est quoi, les jours d'antan, Papa ?
— Ce sont les jours d'il y a longtemps, Laura. Dormez, maintenant.

Mais Laura resta éveillée encore pendant un moment, écoutant le violon et la plainte solitaire du vent dans les Grands Bois. Elle regardait Papa. Les flammes se reflétaient dans ses cheveux bruns, dans sa barbe, et le violon couleur de miel luisait. Elle regardait Maman qui se balançait et tricotait tranquillement.

Elle pensa : « C'est le présent. »

Elle était heureuse que cette maison douillette, que Papa, Maman et la lueur du feu dans la cheminée, et la musique soient le présent. « On ne pourra pas l'oublier, se disait-elle, parce que maintenant, c'est maintenant. Ça ne pourra jamais être il y a longtemps. »

Table des matières

1. Une petite maison dans les Grands Bois 7
2. Journées d'hiver, nuits d'hiver 29
3. Le grand fusil 49
4. Noël 63
5. Les dimanches 87
6. Les deux gros ours 105
7. La neige de sucre 121
8. La danse chez Grand-Père ... 135
9. En ville 161
10. L'été 181
11. La moisson 203
12. La merveilleuse machine 215
13. Des cerfs dans les bois 231

l'Atelier du Père Castor présente

la collection Castor Poche

La collection Castor Poche vous propose :

- des textes écrits avec passion par des auteurs du monde entier,
  par des écrivains qui aiment la vie,
  qui défendent et respectent les différences ;
- des textes où la complicité et la connivence entre l'auteur et vous se nouent et se développent au fil des pages ;
- des récits qui vous concernent parce qu'ils mettent en scène des enfants et des adultes dans leurs rapports avec le monde qui les entoure ;
- des histoires sincères où, comme dans la réalité, les moments dramatiques côtoient
  les moments de joie ;
- une variété de ton et de style où l'humour, la gravité, la fantaisie, l'émotion, la poésie se passent le relais ;
- des illustrations soignées, dessinées par des artistes d'aujourd'hui ;
- des livres qui touchent les lecteurs à différents âges et aussi les adultes.

Un texte au dos de chaque couverture vous présente les héros, leur âge, les thèmes abordés dans le récit. Vous pourrez ainsi choisir votre livre selon vos interrogations et vos curiosités du moment.

Au début de chaque ouvrage, l'auteur, le traducteur, l'illustrateur sont présentés. Ils vous invitent à communiquer, à correspondre avec eux.

CASTOR POCHE
Atelier du Père Castor
4, rue Casimir-Delavigne
75006 PARIS

405 **J'ai tant de choses à te dire (Senior)**
par John Marsden

Lorsque Marina arrive à l'internat, elle n'a plus prononcé un mot depuis des mois, depuis qu'un drame a bouleversé sa vie. À l'hôpital, personne ne peut plus rien pour elle, sa mère a donc décidé de l'inscrire dans un collège. En compagnie de filles de son âge, Marina reparlera, c'est ce qu'espèrent les médecins.

406 **La promesse sacrée**
par Concha Lopez Narvaez

Juan a quinze ans en 1492, il vit à Vitoria en Espagne. Un soir, son père lui avoue qu'il n'est pas catholique mais juif. Juan est effondré, pourquoi ses parents lui ont-ils menti, et comment peuvent-ils vivre dans ce que Juan considère comme un mensonge, car toute la famille vit officiellement au rythme des sacrements catholiques ?

407 **Le feu aux poudres (Senior)**
par Jacqueline Cervon

Sur la toile de fond de deux pays soudain sur le pied de guerre, Stavros le Grec, seul en face de Turhan le Turc et d'une équipe de pêcheurs d'éponges, devra subir, la haine que le vent de l'actualité attise. Stavros et Turhan, qui se ressemblent tant, ne sont-ils pas des cousins que l'histoire de leur pays a séparés ?

408 **Premier de cordée (Senior)**
par Frison-Roche

Pierre Servettaz se destinait à l'hôtellerie. Mais son père, célèbre guide de haute montagne, meurt foudroyé lors d'une course. L'appel de la montagne est le plus fort. En allant récupérer le corps de son père, Pierre découvre sa vocation, il sera premier de cordée. C'est lui qui évaluera les difficultés du parcours, qui prendra le plus de risques.

409 **Aura dans l'arène**
par Pilar Molina Llorente
Aura est romaine, son père est un riche joaillier. Elle vit dans un palais auprès d'une grand-mère autoritaire, entourée d'esclaves. Cette existence bien réglée va basculer le jour où elle suit un jeune garçon dans la rue. Il la mènera dans un quartier inconnu, auprès des premiers chrétiens.

410 **La grande crevasse (Senior)**
par Frison-Roche
Zian, guide émérite de haute montagne, fait partager à Brigitte, jeune et jolie Parisienne en vacances, son amour de l'alpinisme. Ils se marient, mais être femme de guide est bien différent de ce qu'imaginait Brigitte. La montagne qui les avait réunis les séparera bientôt, à jamais.

411 **Une devinette pour Gom (Senior)**
par Grace Chetwin
Gom a hérité des pouvoirs de sa mère magicienne. À la mort de son père, il décide de partir retrouver cette mère mystérieusement disparue. En chemin, un moineau lui pose une devinette dont la solution lui dira où aller. Gom affrontera des ennemis farouches mais rencontrera aussi des amis bienveillants.

412 **Le requin fantôme**
par Colin Thiele
Joe, quatorze ans, n'a jamais entendu parler de l'île Wayward avant de venir vivre à Cokle ni du Balafré non plus. L'île Wayward est un lieu fascinant, perdu en pleine mer aux collines battues par les vents. Le Balafré est un énorme requin, dangereux, et qui rôde, tel un fantôme, dans la baie.

413 **Retour à la montagne (Senior)**
par Frison-Roche

Tous les amis de Zian sont persuadés que Brigitte est responsable de sa mort. Aussi, lorsqu'elle décide de vivre au village, d'y élever son fils, leur hostilité est vive. Pour se faire pleinement acceptée, Brigitte réalisera un exploit, prouvant ainsi qu'elle est digne du nom qu'elle porte. Ce roman est la suite de *La grande crevasse*.

414 **Les manguiers d'Antigone (Senior)**
par Béatrice Tanaka

Dana, par l'intermédiaire d'un cahier, raconte sa vie à Sandra, sa fille, dont elle a été séparée. Cinquante années de notre siècle défilent ainsi, ses aventures tant politiques que culturelles. La difficulté pour une femme à cette époque de concilier ses choix de vie et la pression sociale...

415 **La longue marche de Cooky**
par Mary Small

Cooky, dont les maîtres viennent de déménager, s'enfuit de la voiture, et rentre directement à la maison. Oui mais la maison qu'il connaît est très très loin maintenant ! Des mois durant, Cooky traversera une région désolée d'Australie, peuplée de dingos agressifs et sauvages, mais aussi, heureusement pour lui, d'amis qui l'aideront... De son côté, Sam, son maître, ne désespère jamais de revoir son chien.

416 **Trois chiens pour courir**
par Elizabeth Van Steenwyk

Scott partageait avec son père la passion des courses de chiens de traîneau. À la mort de son père, et après le remariage de sa mère, Scott consacrera toute son énergie à reconstituer un attelage de champions...

417 **Tout pour une guitare (Senior)**
par Gary Soto

Alfonso veut impressionner Sandra par ses talents sportifs ; Fausto ne vit que pour la guitare, mais ne peut s'en offrir... Yollie aimerait si fort une belle robe... Les héros de ces dix nouvelles sont les adolescents d'origine mexicaine, les chicanos, pour la plupart sans le sou, mais dignes et âpres à la besogne.

418 **Le dernier sultan de Grenade (Senior)**
par Vicente Escriva

Pendant sept cents ans, l'Espagne islamique rivalise avec la Grèce, l'Egypte et Rome dans tous les domaines. Mais la splendeur du royaume de Grenade est fauchée par les armées d'Isabel la Catholique, en 1492. Boabdil est le dernier sultan de Grenade. Il voulait faire de son royaume un oasis de paix et de beauté. L'histoire en a décidé autrement.

419 **L'élixir de tante Ermolina**
par Liliane Korb et Laurence Lefèvre

Jordi vit avec son grand-père, redoutable professeur en retraite. La cohabitation est difficile. Jules-Norbert, pour soigner une douleur tenace, absorbe imprudemment le contenu d'une vieille bouteille. Le résultat dépasse toutes ses espérances, le voilà avec le corps d'un enfant de dix ans ! Jordi tient une bonne vengeance, mais Jules-Norbert ne trouve pas ça drôle du tout...

420 **Glace à la frite**
par Evelyne Stein-Fisher

À dix ans, Doris est ronde, beaucoup trop ronde. Oui mais elle adore les nounours en gomme et les frites ! Dès qu'un souci surgit, elle se rue sur ses stocks secrets de bonbons préférés... et, résultat, ne rentre plus dans son maillot de bain rose... or elle doit aller à la piscine avec l'école...

421 **Le mouton noir et le loup blanc**
par Bernard Clavel
Trois histoires amusantes mettant en scène des animaux qui ont des préoccupations bien humaines. *Au cochon qui danse*, où un cochon veut être célèbre. *L'oie qui avait perdu le Nord*, Sidonie tente d'entraîner les oiseaux dans son sillage. *Le mouton noir et le loup blanc*, l'amitié d'un loup et d'un mouton, ligués contre les hommes.

422 **La neige en deuil (Senior)**
par Henri Troyat
Isaïe Vaudagne et son frère Marcellin vivent au hameau des Vieux-Garçons. À la suite d'un accident de montagne, Isaïe a dû abandonner le métier de guide. Marcellin ne supporte plus leur vie misérable. Un avion s'écrase sur un sommet proche, Marcellin veut piller l'épave, mais pour cela il a besoin de son frère...

423 **La route de l'or**
par Scott O'Dell
Le capitaine Mendoza est animé par la fièvre de l'or ; le père Francisco veut sauver des âmes ; seule la géographie passionne Esteban... Une grande expédition réunit ces hommes que tout sépare. L'or déclenche bien des passions, même chez le plus pacifique des hommes.

424 **Cher Moi-Même**
par Galila Ron-Feder
Yoav, enfant d'un milieu défavorisé est placé dans une famille d'accueil à Haïfa. Il doit rédiger son journal et se prend vite au jeu. Récits cocasses et serments de vengeance, petits triomphes et gros chagrins, le journal reçoit tout en vrac. Un jour, Yoav a une bien meilleure idée de confident.

425 **Sur la piste du léopard**
par Cecil Bødker
Une nouvelle fois le léopard emporte un veau de Tibeso, le gardien du troupeau. Il part alors au village voisin chez le grand sorcier chercher conseil. Mais le léopard n'est pas le seul responsable des vols, Tibeso le sait, et les brigands savent aussi qu'ils ont été découverts par un enfant. C'est le début d'une course poursuite haletante...

426 **Un véritable courage**
par Irene Morck
Depuis toute petite, Kéri lutte contre la peur. Peur des vaches, peur des autres enfants, et surtout peur de galoper sur la jument que ses parents viennent de lui offrir. Une excursion à la montagne avec sa classe lui donnera l'occasion de prouver à tous que, confrontée à l'épreuve, elle ne se dérobe pas...

427 **Prisonniers des Vikings**
par Torill T. Hauger
Lors d'un raid viking en Irlande, Patric et Sunniva sont capturés et emmenés en Norvège comme esclaves. La société viking obéit à des lois biens étranges et biens rudes pour deux enfants catholiques. Bientôt, ils profitent d'une attaque pour fuir vers l'Islande, reverront-ils un jour leur terre natale ?

428 **Au nom du roi**
par Rosemary Sutcliff
Damaris a grandi au pays de la contrebande, elle en connaît tous les signes. Cette nuit-là, un homme blessé fait partie du chargement, il fuit la gendarmerie. Qui est-il ? Damaris a-t-elle raison de lui porter secours en secret ?

429 Étrangère en Chine (Senior)
par Allan Baillie

Peu après la mort de son père, Leah, adolescente australienne, effectue sa première visite en Chine avec sa mère dont c'est le pays d'origine. Leur voyage est un retour aux sources, mais Leah supporte mal le choc culturel, rien de la Chine ne lui plaît. Sa rencontre avec Ke, qui participe activement à la révolte étudiante de la place Tienanmen, pourrait tout changer...

430 Le Mugigruff la bête du Mont Grommelon
par Natalie Babbitt

Par temps de pluie, des pleurs lancinants s'élèvent du Mont Grommelon. Depuis plus de mille ans, une bête abominable vit là-haut dans la brume à donner des frissons aux habitants du bourg niché au pied du mont. Un garçon de onze ans, en visite chez son oncle, décide d'aller là-haut voir de quoi il retourne...

431 Entorse à la patinoire (Senior)
par Nicholas Walker

Benjamin et Belinda sont partenaires en danse sur glace. Ils ont des dons certains, et le savent. Mais les dons sont loin de suffire et, à trois semaines d'un championnat, rien ne va plus. Chutes, difficultés, déconvenues, blessures, tout se ligue pour fissurer une entente toujours précaire. Entre les adolescents, la tension monte, inexorable...

432 La vie aventureuse de Laura Ingalls Wilder
par William Anderson

Laura Ingalls Wilder a charmé des générations de lecteurs avec sa chronique de *La petite maison dans la prairie*. Dans cette biographie détaillée, ses admirateurs vont enfin trouver les réponses à toutes leurs questions. Des photos de l'époque, le plus souvent extraites de l'album de famille, accompagnent ce récit.

433 **Pour dix dollars (Senior)**
par Mel Ellis
Ham a volé dix dollars pour s'acheter un vélo. Sitôt acheté, le vélo a été volé..., et toute l'horreur de son forfait apparaît au garçon. Impossible d'avouer sa faute. Une seule solution : rendre les dix dollars. Mais chaque tentative pour gagner cet argent se solde par une catastrophe. Ham se souviendra longtemps de cet été-là...

434 **Le livre de la jungle**
par Rudyard Kipling
Mowgli, l'enfant loup, Baloo, l'ours débonnaire, Bagheera, la panthère noire, peuplent la jungle de Kipling. Mais dans *Le livre de la jungle,* nous découvrons aussi Kotick, le phoque blanc, qui veut soustraire ses frères au massacre de l'homme ; Rikki-tikki-tavi, la mangouste qui tue les cobras pour sauver son maître...

435 **Deux filles pour un cheval**
par Nancy Springer
Jenny partage une passion pour les chevaux avec sa nouvelle voisine Shan. Tout semble simple ! C'est compter sans l'hostilité de la classe entière coalisée contre Shan, seule Noire de l'école. Même le paysan voisin qui permettait à Jenny de monter son cheval interdit formellement la venue de Shan sur le pâturage. Les deux amies devront faire face...

436 **Le Roi du Carnaval**
par Bertrand Solet
Le carnaval est une fête folle, c'est le jour où tout peut se dire, presque tout se faire. Protégés par des masques, les jeunes fustigent les méchants, déclarent leur amour aux belles, rêvent de ripailles, inventent l'avenir. Le Roi du Canarval est élu parmi les plus pauvres. Il régnera, le temps d'une nuit étrange...

437 **Les visiteurs du futur (Senior)**
par John Rowe Townsend
À Cambridge, en été, les touristes sont légion, mais la famille que rencontrent John et son ami Allan est vraiment bizarre. Les parents se disent professeurs d'université. Ils avouent ne jamais être venus à Cambridge et semblent pourtant connaître la ville, la circulation automobile les fascine, de même que les bars que le père paraît découvrir avec ravissement. Qui sont donc David, Katherine et Margaret ? D'où viennent-ils ?

438 **Les aventures de La Ficelle**
par Michel Grimaud
Au village, tout le monde connaît le vieux La Ficelle, on aime ses histoires car il en a vu du pays ! Il en a vécu des aventures quand il était chercheur d'or en Guyane, ou seringueiro dans la forêt amazonienne. Il s'est même retrouvé chef d'une tribu d'Indiens... De retour en France, il aime à se souvenir...

439 **La Petite Fadette (Senior)**
par George Sand
Landry et Sylvain sont jumeaux, bessons, comme on dit dans le Berry. Ils sont inséparables quoique très différents. La petite Fadette est une voisine, bien mal considérée, mais n'est-ce pas injustement ? Lequel des deux bessons se fera-t-il aimer d'elle ?

440 **Le monde des Pieuvres géantes**
par France Vachey
Lucile a un grand frère, Grégoire, passionné de jeux vidéo qui passe des heures entières devant sa console. Un jour, Lucile se rend compte que Grégoire est complètement fasciné par son écran, hypnotisé, son regard devient fixe, ses yeux se ternissent... Il faut sauver Grégoire, le délivrer de l'emprise du monde des Pieuvres géantes !

441 L'ombre du Vétéran (Senior)
par Jean Failler
1806, à Concarneau les rumeurs de la guerre contre les Anglais se font plus insistantes. Le Vétéran, vaisseau amiral français, est coincé dans le port. Trois longues années passeront ainsi, et, dans la ville close, aux sept cents habitants se mêleront huit cents marins désœuvrés.

442 Julia, apprentie comédienne (Senior)
par Jutta Treiber
À seize ans, Julia rêve d'entrer dans une école d'art dramatique très réputée et de devenir actrice. Le concours d'entrée est très sélectif aussi Julia suit-elle des cours de manière intensive, négligeant complètement son travail scolaire. Le jour de l'audition arrive, pour réussir Julia devra être brillante dans toutes les épreuves...

443 Notre-Dame de Buze
par Lucette Graas
Dans la presqu'île d'Arvert, la communauté protestante est en proie aux dragonnades. Le bon roi Louis XIV va révoquer l'édit de Nantes. Pour l'heure, Adeline, son frère Jehan et tout le village se réfugient dans des grottes pour échapper aux soldats. Par hasard, elle tombe dans une chapelle enfouie dans la dune qui est très recherchée par les historiens catholiques...

444 Pandora, cochon de compagnie
par Joan Carris
Pandora, adorable truie pygmée, entre dans la famille Dean un beau matin d'été. Adorable ? Certes, intelligente aussi, Pandora adore se promener en voiture, fouiller dans les placards, boire du cocktail et prendre un bon bain dans la baignoire ! De quoi changer, les préjugés qui courent sur la gente porcine...

445 **Salut bahut ! (Senior)**
par Jacques Delval
Jed's entre en dernière année de C.A.P., il voudrait tant changer de vie, de pays, d'amour. Changer de vie ? Impossible, ou si difficile ! Même dilemme pour Brancourt, son prof de français. Lui désirait écrire des scénarios, réaliser des films. Jed's et Brancourt auront-ils quelque chose à partager ?

446 **Sauvez Willy**
par Jordan Horowitz
Jesse se fait prendre pour avoir tagué un bassin du parc de loisirs. L'éducateur lui impose une peine de substitution, il devra effacer les traces des dégâts. Dans le bassin, un orque supporte mal la captivité. Et le directeur du parc veut se débarrasser de lui. Mais Jesse aime Willy, il veut sauver Willy !

447 **La mémoire en miettes**
par Thierry Alquier
L'inspecteur Lemarchand, à la veille d'un long week-end, découvre au poste de police un jeune garçon amnésique. Il ne sait qui il est, d'où il vient, il a même oublié son nom. On l'appellera Mémory ; en attendant que la mémoire lui revienne, il sera recueilli par les Lemarchand. L'inspecteur et son fils Étienne mèneront l'enquête pour retrouver le passé de Mémory. C'est le début d'un long voyage...

448 **Duel dans l'enfert vert (Senior)**
par Jean Coué
Depuis de longs mois, Diégo est sans nouvelles de son frère, Manuel, parti faire fortune en Amazonie. Diégo part à sa recherche, bien décidé à percer le mystère de sa disparition.
Mais la forêt tait bien des secrets. Et là, au cœur de l'enfer vert, le jaguar guette sans relâche son pire ennemi...

449 **Le voleur (Senior)**
par Jan Needle

Kevin n'a pas de chance, son père est en prison, sa mère est malade. C'est Tracey, sa sœur, qui fait bouillir la marmite. Kevin a volé, naguère, des bonbons et sa réputation est faite : Kevin est un voleur ! Pourtant il ne chaparde plus rien. Lorsqu'un billet disparaît du sac de son professeur, tout le monde l'accuse...

450 **Bout d'ficelle**
par Liliane Korb et Laurence Lefèvre

À douze ans, Adèle est très grande, un mètre soixante-neuf ! À la maison, il y a de l'ambiance, avec les jumeaux de neuf ans, pleins de vie et l'appartement n'est pas bien grand ! Au lycée, Adèle a le sentiment d'appartenir à un groupe, sa bande, réunie autour d'un projet généreux et top secret

451 **L'œil du témoin (Senior)**
par John Rowe Townsend

Sam, étudiant en photo, veut décrocher le premier prix d'un concours. Il emprunte donc à son école un appareil hors de prix et part en reportage en stop. En quittant la voiture, il oublie le matériel. Alors qu'il erre désemparé dans Brighton, il remarque le superbe appareil photo que porte une jeune fille. Sam l'emprunte le temps de son reportage...

452 **Le signe de l'albatros (Senior)**
par Pierre-Marie Beaude

Chico Salinas fait du cabotage, seul à bord de son schooner. Une tempête drosse le bateau sur la côte près du village de Tamoun. Chico, blessé, reconstitue lentement ses forces. Tamoun renfloue le bateau. Une sourde rivalité oppose bientôt le vieux marin et Tamoun qui rêvent tous deux de naviguer seul sur le schooner.

Cet
ouvrage,
le quatre cent
soixante-quinzième
de la collection
CASTOR POCHE,
a été achevé d'imprimer
sur les presses de l'imprimerie
Maury Eurolivres SA
45300 Manchecourt
en septembre
1994

Dépôt légal : octobre 1994.
N° d'Édition : 17805. Imprimé en France.
ISBN : 2-08-164030-9
ISSN : 1147-3533
Loi n° 49-956 du 16 juillet 1949
sur les publications destinées à la jeunesse